Mattia Signorini

Die Symphonie des Augenblicks

Mattia Signorini

Die Symphonie des Augenblicks

ROMAN

Aus dem Italienischen von Monika Köpfer

KAILASH

Die italienische Originalausgabe erschien 2009 unter dem Titel
»La sinfonia del tempo breve« bei Salani Editore,
Mailand.

FSC
Mix
Produktgruppe aus vorbildlich bewirtschafteten Wäldern und anderen kontrollierten Herkünften
Zert.-Nr. GFA-COC-1262
www.fsc.org
© 1996 Forest Stewardship Council

Verlagsgruppe Random House FSC-DEU-0100
Das FSC-zertifizierte Papier EOS für dieses Buch
liefert Salzer, St. Pölten.

1. Auflage
Deutsche Erstausgabe

Lektorat: Svenja Geithner, München
Umschlaggestaltung: WEISS|WERKSTATT|MÜNCHEN
unter Verwendung eines Motivs von
© TREVILLON IMAGES/Ann Cutting
Satz: Jouve Germany GmbH & Co KG, Kriftel
Druck und Bindung: Friedrich Pustet KG, Regensburg
Printed in Germany
ISBN 978-3-424-63018-3
www.kailash-verlag.de

1

Ehe er von dieser Welt ging, trank Signor Green Talbot ein Glas frische Limonade und wandte den Blick zum Fenster seines Zimmers.

»Das Schlimmste, was einem Menschen passieren kann, ist, in einem Krankenhaus zu sterben«, hatte er vor langer Zeit einmal gesagt.

Damals war er noch keine zwanzig gewesen und im Begriff, mit einer Unmenge von Wechseln das ehemalige Juweliergeschäft Lou Saunders zu kaufen.

»Ich werde meine Schulden in spätestens zwei Jahren zurückzahlen«, versprach er seinen Gläubigern, die ihn ungläubig ansahen.

Und das gelang ihm auch.

Denn Green Talbot war ein außergewöhnlicher Mensch, und hier ist seine Geschichte. Sie beginnt in einem Haus in der Nähe eines Waldes, in England, und endet in einem Krankenhausbett in einem gottverlassenen Nest in Norditalien.

Doch man kann die Anfangsseiten und die letzten Seiten eines Buchs ebenso gut herausreißen, wie Green Talbot als Junge zuweilen bemerkte – ob zu Recht oder zu Unrecht.

Ja, ob zu Recht oder zu Unrecht, jedenfalls sagte er das.

TRANQUILLITY

2

Der Soldat Gregory Talbot und seine Frau Maria hatten wenige Monate zuvor in der kleinen Kirche von Reverend Barry geheiratet. Nicht so sehr, weil es sie drängte, den Bund der Ehe zu schließen, als vielmehr Marias wachsenden Bauchs wegen. So war das eben damals.

Als Reverend Barry Gregory Talbot zum ersten Mal begegnet war, hatte dieser bewusstlos und dem Tode nahe auf einer Tragbahre gelegen, die nach grüner Verzweiflung stank, und anstelle des rechten Beins hatte er einen verbundenen Stumpf gehabt. Der Pastor erteilte ihm den letzten Segen und wollte ihm mit dem in Olivenöl getränkten Daumen ein Kreuz auf die Stirn malen.

»Gott segne dich und behüte dich«, sagte er.

Doch Gott, oder sein Stellvertreter, hatte offensichtlich keinerlei Absicht, sein Schäfchen zu sich zu rufen, jedenfalls noch nicht. Reverend Barry musste drei Anläufe nehmen. Jedes Mal wenn er den Daumen in das

Fläschchen tauchte, perlte das Öl an seinem Finger ab, ohne eine Spur zu hinterlassen.

»Wenn das so weitergeht, sind wir heute Nacht noch nicht fertig«, murrte er.

Nicht gerade ein Gedanke, der einem Kirchenmann ziemte, doch in diesem Feldlazarett warteten Dutzende weitere Soldaten auf die letzte Ölung. Beim dritten Mal schließlich blieb das Öl vollständig an seinem Daumen haften. Doch kaum war er im Begriff, dem Soldaten ein Kreuz auf die reglose Stirn zu zeichnen, kam die Schwester herein.

»Reverend Barry, der Verband muss gewechselt werden.«

Der Pastor stieß einen ungeduldigen Seufzer aus und hob den Blick gen Himmel, oder besser gesagt, zum höchsten Punkt des großen Armeezeltes, das dieselbe grüne Farbe der Verzweiflung hatte wie die Tragbahren.

Als Gregory Talbot wenige Minuten später aufwachte, rief die Schwester den Pastor nochmals zurück.

»Ein Wunder«, sagte sie und sah den Soldaten aus ihren grünen Augen an.

»Von wegen Wunder. Da hat der Teufel seine Finger im Spiel«, platzte Reverend Barry heraus.

Einige Monate später war Gregory Talbot wieder bei Kräften, mehr oder weniger jedenfalls. Ehe er dem Schlachtfeld den Rücken kehrte, erzählte ihm der Pastor die Geschichte von dem Öl, das einfach nicht an seinem Finger hatte haften bleiben wollen.

»Man sieht, dass sich Gott, oder sein Helfer, bereits zu viele Menschen auf die Schultern geladen hatte«, erwiderte Gregory Talbot.

»Vermutlich hat jemand das Öl mit Wasser verdünnt«, brummte der Pastor.

Beim Abschied musste Gregory Talbot Reverend Barry versprechen, ihn in seiner kleinen Kirche in Tranquillity zu besuchen, sobald dieser verdammte Krieg zu Ende wäre.

Und dort heirateten sie dann auch, er und Maria. Als Trauzeuginnen erkoren sie die alte Witwe Shelby aus, die jeden Morgen um acht in der Kirche erschien, um zu beten, sowie Hillary Mark, die Besitzerin des Wurstladens, die zufällig vorbeikam.

»Ihr wollt also heiraten?«, fragte der Pastor.

»Ja, das wollen wir«, bestätigte Gregory Talbot.

Und so vollzog Reverend Barry die Trauzeremonie, mit allem, was dazugehört.

Als sie verheiratet waren, fragte Maria ihren Mann, was er nun zu tun gedenke. Der Krieg hatte all ihre Hoffnungen zerschlagen und einen Strich durch ihre Zukunftspläne gemacht.

Er betrachtete die Häuser von Tranquillity und die schmalen Straßen, die von Gärten mit kurz geschnittenem Rasen gesäumt wurden. Es war noch Winter, doch in dieser Gegend schien sich selbst der Frost Zeit zu lassen.

Sie waren erst seit zwei Tagen hier, und noch kein einziges Mal hatten sie erlebt, dass jemand die Straße entlangeilte, mit lauter Stimme sprach oder mit einem anderen stritt. Jeder Dorfbewohner ging einer würdigen Arbeit nach. Keine Landstreicher waren zu sehen, und in dem einzigen Pub im Ort gab es keine Betrunkenen, die vornüber auf den Tisch sanken.

Plötzlich hörte er, wie jemand nach ihm rief.

»Gregory Talbot?«

Hinter ihnen stand ein Mann in Frack und Zylinder. Sein vorgewölbter Bauch übte einen beträchtlichen Druck auf den einzigen Knopf aus, der noch an seiner Jacke hing und jeden Moment vom Faden zu springen drohte.

»Ich bin Ray Wonder, der Bürgermeister«, sagte der Mann, streckte die Hand aus und verharrte so lange reglos in dieser Position, bis sich Gregory Talbot entschloss, sie zu ergreifen. »Wir haben auf Sie gewartet. Aber Sie sind ja zu zweit.« Sein Blick wanderte zu Marias Bauch. »Das heißt zu dritt. Noch besser«, fügte Bürgermeister Ray Wonder hinzu. »Tranquillity wächst, und Sie sind der lebende Beweis dafür.«

Gregory Talbot wollte etwas erwidern, kam jedoch nicht dazu.

»Es gibt eine freie Stelle, wissen Sie? Wir haben sie eigens für Sie freigehalten, wissen Sie?«

Gregory Talbot sollte bald erfahren, dass man niemanden ohne Grund nach Tranquillity einlud und auch keinen so ohne Weiteres wieder ziehen ließ. Unter all den verrückt gewordenen Soldaten, von denen es nur so wimmelte, hatte Reverend Barry ausgerechnet ihn in sein Dorf gerufen. Denn hektische Menschen konnte man in dieser Gegend nicht gebrauchen. Und da kam ihnen der einbeinige Gregory Talbot natürlich gelegen.

Mit Maria bezog er das kleine Haus oben am Hügel und wurde der neue Waldhüter. Die Menschen von Tranquillity fürchteten sich vor dem Wald, so wie sich die meisten vor dem fürchten, was ihnen unbekannt ist. Sie waren überzeugt, dass es dem Waldhüter gelingen würde, den Wald in seine Grenzen zu verweisen.

»Aber ein Wald bewegt sich doch nicht«, sagte Gregory Talbot.

»Man weiß nie«, antwortete Bürgermeister Ray Wonder.

3

So schleppte sich der Waldhüter Gregory Talbot also auf dem ihm verbliebenen Bein zwischen den Bäumen am Waldrand umher.

Hunderte von Lauten mischten und vervielfältigten sich im Laufe eines Tages. Doch für jemanden wie ihn, der nur den Lärm der Menschen kannte, war dieser Wald die reine Stille.

Hin und wieder blieb er an einem dieser Frühlingsmorgen stehen und blickte zum Himmel empor. Sonnenstrahlen stachen wie Nadeln durch die Baumkronen.

Seine Frau ruhte sich zu Hause aus. Als er sie eines Tages stöhnen und seinen Namen rufen hörte, fuhr Gregory Talbot abrupt herum. Er warf den Holzstock weg und hüpfte mit seinem einzigen Bein so flink, als hätte er vier davon, zum Ausgang des Waldes und nach Hause.

Im Zimmer war es dunkel. Maria saß in einem blutüberströmten Sessel und hielt etwas Kleines, Grünes im Arm, das nicht atmete.

Gregory Talbot nahm es ihr wortlos aus den Händen. Er gab ihm eine Ohrfeige, dann noch eine und noch eine, doch es war noch immer grün. Nachdem er es Maria wieder in die Arme gelegt hatte, öffnete er ein Fenster.

Sofort flutete das Licht herein.

Im selben Augenblick schluchzte das grüne Ding und wurde sichtlich heller. Gregory Talbot hob es hoch und sah, dass es ein Junge war.

Sein Sohn hatte den frühen Morgen gewählt, um dieser Welt guten Tag zu sagen.

4

Sie nannten ihn Green. Grün war die Farbe, die sein Vater trug, als er in der Armee diente, grün war das Nichts, als dieser auf eine Mine getreten war, und grün war die Frau, die ihn im Krankenhaus wieder aufgepäppelt und die er dann geheiratet hatte. Grün war auch die Farbe des Waldes.

Green Talbot sprach lange nicht. Doch bereits mit wenigen Monaten begriff er alles, was man zu ihm sagte. Er machte sich verständlich, indem er auf das Gewünschte deutete. Stundenlang konnte er im Eingang des elterlichen Hauses stehen, den Blick zum Waldrand hinab gewandt, um die Bäume zu betrachten. Dabei bewegte er langsam den Kopf in alle Richtungen, als wollte er sämtliche Laute speichern, die an sein Ohr drangen.

Er hörte seinem Vater zu, wenn dieser von Amerika erzählte, wo er für kurze Zeit gelebt hatte, ehe er einberufen wurde:

»Es ist der schönste Flecken Erde, wenn man noch keinen anderen gesehen hat.«

Oder von den Monaten im Krieg:

»Der Schlag möge mich treffen, wenn ich noch einmal eines dieser vermaledeiten Gewehre in die Hand nehme.«

Oder von seiner Mutter:

»Schau, deine Mutter ist ein Engel. Wie sonst sollte man jemanden nennen, der einem das Leben rettet?«

Oder er lauschte dem sanften Knistern des Tabaks in der Pfeife, wenn sein Vater einen Zug nahm, dem Splittern von Holz, wenn dieser Baumstämme spaltete, und seiner Stimme, wenn er ihm vor dem Einschlafen Märchen erzählte.

Manche glauben vielleicht, dass ein Junge, der nicht spricht, nicht ganz richtig im Kopf ist, doch Gregory Talbot und seine Frau Maria wussten es besser. Die Welt war voller Menschen, die unaufhörlich von Dingen sprachen, die niemanden interessierten.

In gewisser Weise war Green Talbot ein Segen.

5

In seinen ersten fünf Lebensjahren lernte Green Talbot so gut, den Menschen zuzuhören, dass es nicht lange dauerte, bis alle mit ihren Problemen zu ihm kamen und ihr Leben vor ihm ausbreiteten.

Für ihn waren die Lebensgeschichten der Leute wie die Märchen, die ihm sein Vater erzählte, nur ein wenig trauriger. Er lernte, dass man nicht immer Fragen stellen muss, und tat es auch nicht.

Binnen kürzester Zeit war er der einzige Bewohner Tranquillitys, der alle Geheimnisse der Menschen in dieser Gegend kannte, ohne je eines zu verraten – sofern es sich denn um ein echtes Geheimnis handelte.

Reverend Barry bemerkte, dass am Samstagnachmittag immer weniger Gläubige zu ihm in die Kirche kamen, um mit ihm zu reden, und dafür umso mehr den Weg zu dem Haus am Waldrand hinaufgingen. Er sah es als Zeichen Gottes und war überzeugt, dass Green Talbot eines Tages seinen Platz einnehmen würde.

Indessen bemerkte Bürgermeister Ray Wonder, dass die Bewohner Tranquillitys immer heiterer wurden und er immer weniger zu tun hatte. Er sah darin einen Wink des Schicksals und war überzeugt, dass Green Talbot eines Tages seinen Platz einnehmen würde.

Hätte man Green Talbot selbst gefragt, so hätte er gesagt, dass die einzige Arbeit, die er später einmal ausüben wollte, die seines Vaters sei.

Im Laufe der Zeit begab sich Gregory Talbot immer seltener in den Wald hinein, sondern verlegte sich darauf, ihn vom Rand aus zu überwachen. Es war, als ginge eine merkwürdige, beunruhigende Präsenz vom Wald aus. So als würden sich die Geräusche vervielfältigen und zugleich verflüchtigen.

Doch das geschah nicht von heute auf morgen, sondern es war ein schleichender Prozess.

Der Frühling kehrte zum fünften Mal wieder. Gregory Talbot und seine Frau hatten sich zum Mittagessen an den Tisch gesetzt, als sie bemerkten, dass Green noch immer stand.

»Setzt du dich nicht?«, fragte seine Mutter.

Und da sprach er zum ersten Mal.

»Zeigt ihr mir den Wald?«

Genau das waren seine Worte.

6

Als Green Talbot zum ersten Mal den Wald erblickte, erschien er ihm als der schönste Ort, an dem er je gewesen war. Nicht, dass er schon viele Orte gesehen hätte. Wie alle anderen Kinder dieser Gemeinde war er noch nie aus Tranquillity hinausgekommen. Am liebsten mochte er den Wurstladen von Hillary Mark mit seinem unverwechselbaren Fleischgeruch, die verschieden geformten Brotlaibe in den Körben des Bäckers Almery und die kleine Kapelle von Reverend Barry. Mit dem Pastor verstand er sich überhaupt sehr gut. Vor allem gefielen Green dessen Geschichten über einen Mann, der durch die Welt zog, um die Menschen zum Umdenken zu bewegen. Es faszinierte ihn, dass er dies tat, ohne jemandem seine Vorstellungen aufzuzwingen.

Doch im Wald gab es weder Wurstläden noch Brotkörbe, und auch die Geschichten des Pastors waren hier nicht maßgebend.

Stattdessen zogen ihn die Bäume in ihren Bann, die so hoch waren, dass sie ihm den Blick auf den Himmel verstellten, und die unzähligen verschiedenen Laute, auf die er sich keinen Reim machen konnte.

»Das sind die Vögel des Waldes«, erklärte ihm sein Vater.

»Was sagen sie?«

»Was immer sie auch sagen – es muss erst noch einer geboren werden, der sie versteht.«

»Eines Tages werde ich mit ihnen sprechen!«, erwiderte Green.

Sein Vater sah ihn an, wie man einen Verrückten ansieht. Dann sah er ihn an, wie man ein Kind ansieht.

»Ja, ja, eines Tages«, murmelte er.

Seit Green Talbot zu sprechen angefangen hatte, ließen sich die Einwohner von Tranquillity immer seltener in dem Haus auf dem Hügel blicken. Und so lernte Green, dass die Menschen es mögen, wenn man ihnen zuhört, doch dass sie umso weniger gern schweigen und selbst zuhören.

Seit er den Wald entdeckt hatte, begleitete er seinen Vater zur Arbeit. Er beobachtete, wie dieser reglos und schweigend stehen blieb, und betrachtete mit ihm die Bäume.

»Hast du nicht auch das Gefühl, dass dieser Wald etwas Merkwürdiges an sich hat?«, fragte eines Tages sein Vater.

»Ab und zu schon, doch.«

Sein Vater blickte immer wieder nach oben, als rechnete er jeden Moment damit, dass etwas geschah.

Am folgenden Tag besuchten sie den Gottesdienst von Reverend Barry, denn die kleine Kathy Almery, die Tochter von Hillary Mark und dem Bäcker Almery, sollte getauft werden.

Kathy hatte an einem Herbsttag das Licht der Welt erblickt, als sich bereits die ersten Blätter rötlich verfärbten und ein kräftiger Wind wehte. Es wurden nicht viele Kinder geboren in Tranquillity, und daher war diese Taufe ein Ereignis.

Die Dorfbewohner hatten ein Festessen im Freien vorbereitet, das an einem langen Tisch vor einer Scheune stattfinden sollte. Es machte nichts, dass der Winter bereits vor der Tür stand. Die Menschen saßen, eingemummt in Wolljacken, um den Tisch und feierten. Inmitten der Festlichkeiten stand Bürgermeister Ray Wonder auf und erhob seinen Becher mit Rotwein.

»Lasst uns auf die kleine Kathy Almery anstoßen. Tranquillity wächst, und sie ist der Beweis dafür.«

In den Jahren darauf wuchs Kathy zu einem der hübschesten Mädchen heran, die man in England seit langem gesehen hatte. Die blonden Haare zu zwei dicken Zöpfen geflochten, half sie ihrer Mutter im Wurstladen. Die Kunden begrüßte sie mit »Guten Tag, die Herrschaften«, und wenn sie das Geschäft verließen, sagte sie: »Auf Wiedersehen, die Herrschaften«. Bisweilen beobachtete sie ihren Vater heimlich beim Kneten des Brotteigs. Am liebsten mochte sie den warmen Geruch, der den Laden den ganzen Morgen über erfüllte.

Währenddessen ging Green Talbot Tag für Tag in einer blauen Uniform, die ihm zu groß war, zur Schule, begleitet von seiner Mutter. Nur zwölf Schüler besuchten die Grundschule von Tranquillity. Sie lernten lesen, schreiben und rechnen. Außerdem lehrte man sie, ohne Eile zu leben.

Green hörte gern seiner Lehrerin Lil Sommers zu, wenn sie ihnen das Alphabet beibrachte. Es bereitete ihm Vergnügen, Buchstaben zusammenzufügen und Wörter zu bilden. Das erste Wort, das er schrieb, war *Wald*. Und das zweite *Maria*.

Er hatte angefangen, heimlich, ohne dass sein Vater davon wusste, in den Wald zu gehen. Ihm fiel auf, dass der Wald immer dichter wurde, je tiefer er in ihn eindrang, und dass sich dort die Distelfinken unterhielten. Eine Zeit lang sprach er in der Sprache der Menschen zu ihnen, ohne je eine Antwort zu erhalten. Eines Nachmittags dann versuchte er immer wieder, ihre Laute nachzuahmen, bis er schließlich ein »Tu-uiiit« zustande brachte, das sich wie ein Pfeifen anhörte.

Und siehe da, von oben kam die Antwort: »Herzlich willkommen!«

So lernte er zwei Dinge. Dass nicht alle Lebewesen dieselbe Sprache sprechen. Und dass die Distelfinken wohlerzogene Vögel sind. Er fand, das war genug für einen Nachmittag.

7

Doch eines Tages wagte er sich so tief in den Wald hinein, dass er die Orientierung verlor. Hier war das Gras gelb. Auch fiel ihm auf, dass die Erde an manchen Stellen wie aufgewühlt aussah. Er versuchte, die Distelfinken herbeizurufen, erhielt jedoch keine Antwort. Noch nie hatte er eine solche Stille vernommen. Und zum ersten Mal hatte er auch diese unbehagliche Empfindung, ähnlich einem Kältegefühl, die er bald mit dem Wort *Angst* benennen lernen sollte.

Nie zuvor war einer so weit vorgedrungen – weder sein Vater, noch Bürgermeister Ray Wonder, noch der frühere Waldhüter.

Er lauschte gespannt, wie es seine Art war, und machte in der Ferne Laute aus, die er nicht kannte. Es war, als würde der Wind, der zuvor von den Bäumen abgehalten worden war, hier ungebremst zwischen den Stängeln eines Grases hindurchfegen, das sehr viel höher war als das, was er kannte. Das andere Ende des Waldes konnte nicht mehr weit sein. Was würde er dahinter vorfinden?

Er war unschlüssig, ob er weitergehen oder lieber umdrehen sollte. Die Sonne war bereits hinter dem Horizont versunken, und binnen weniger Minuten wäre auch das letzte Abendlicht erloschen.

Da sah er sie.

Zwei gelbe Augen, die in der Dunkelheit näher kamen. Sie waren unverwandt auf ihn gerichtet, und das Knacken von Zweigen wurde mit jedem Moment lauter. Dann hörte er eine Art Knurren, einen tiefen, schauerlichen Laut.

Er stand wie versteinert, unfähig, sich zu bewegen. Die gelben Augen funkelten zornig.

Plötzlich hörte er in weiter Ferne seinen Namen rufen.

Ohne weiter nachzudenken, drehte sich Green um und floh, so schnell er konnte, die Augen schreckgeweitet. Er spürte, wie ihm die Lungen brannten, doch er hielt nicht an. Zum ersten Mal in seinem Leben rannte er dieser fernen Stimme entgegen, diesem dünnen »Green, Green«, bis sein Name immer deutlicher zu vernehmen war. Mit einem Mal stieß er gegen etwas Hartes und stürzte.

Es war das Bein seines Vaters.

Bürgermeister Ray Wonder rief alle Bewohner zu einer Versammlung zusammen und forderte Green auf, von seinem Erlebnis zu erzählen. Alle saßen stumm da. Einige hielten sich die Hand vor den Mund und hatten die Lider gesenkt.

»Das, was heute geschehen ist«, sagte der Bürgermeister, »lässt keinen Zweifel mehr offen. Der alte Waldhüter hat uns ja gewarnt.«

Am nächsten Tag wurde an jeder Haustür eine Verordnung befestigt.

*Auf Anweisung von Bürgermeister
Ray Wonder und Reverend Barry ist es
sämtlichen Einwohnern untersagt,
aus irgendeinem wie auch immer gearteten
Grund in den Wald einzudringen
oder durch auffälliges Verhalten
die Bestie zu reizen.*

Für Bürgermeister Ray Wonder und Reverend Barry gab es nur eine Erklärung für das, was Green Talbot widerfahren war. Die Vorsehung hatte abermals ein Zeichen des Teufels gesandt, das ihnen eine Warnung sein sollte.

Als die Bestie fast ein Vierteljahrhundert zuvor zum ersten Mal gesichtet worden war, war Tranquillity noch nicht die Kleinstadt gewesen, die sie nun war. Damals herrschten noch freiere Sitten, und ihre Bewohner waren noch nicht so strikten Bestimmungen unterworfen. Zu jener Zeit wurde Ray Wonder, damals noch ein junger Mann, Bürgermeister.

Im Laufe eines Jahres zog in das Haus auf dem Hügel dreimal ein neuer Waldhüter ein. Alle verschwanden von einem Tag auf den anderen, ohne dass man den Grund kannte. Im Ort war man ratlos. Der junge Reverend Barry hatte schließlich eine Erklärung parat: Gott hatte dem Städtchen eine Warnung wegen der fortschreitenden Sittenlosigkeit zukommen lassen. Neue Anstands- und Verhaltensregeln mussten her.

Der junge Pastor hielt Betstunden ab, und jede Art unbedachten Handelns, das gleich wessen Unmut, ob im Himmel oder auf Erden, hätte erregen können, wurde untersagt. Laute Unterhaltungen und Alkoholkonsum wurden verboten, und Verliebten war es nicht länger erlaubt, sich vor der Hochzeit ein Stelldichein zu geben.

Doch offensichtlich genügte das alles nicht.

Auf Greens Bericht hin dehnte man die Betstunden aus, und Gregory Talbot wurde beauftragt, die Bestie zur Beschwichtigung mit Futter zu versorgen. Fortan legte er jeden ersten Sonntag im Monat Futtergaben am Waldrand ab.

Was Green Talbot betraf, so mied er fast ein Jahr lang den Waldweg, den er damals gegangen war. Und seine Gebete sprach er hin und wieder in der Sprache der Distelfinken.

8

Green Talbot hatte eine große Schwäche, und das war seine Neugierde, etwas, was den meisten Menschen in Tranquillity unbekannt war.

Schon bald begann er sich im Unterricht bei Lil Sommers zu langweilen. Inzwischen füllte er ganze Seiten mit Sätzen, doch das Schreiben bereitete ihm nicht mehr so viel Spaß wie früher. Also begann er, die Reihenfolge der Sätze zu verändern, doch Lorbeeren handelte er sich damit keine ein. Als er zum ersten Mal eine Hausaufgabe ablieferte, die zur Hälfte aus Sätzen wie folgendem bestand:

Gelernt in der Schule bin ich gewesen heute und wieder habe nichts

und zur Hälfte aus Lautfolgen wie diesen:

Ftu-iiit frii-uiuiu tu-i-iiit,

bestellte die Lehrerin Lil Sommers umgehend seine Mutter zu sich.

»Ist mit Ihrem Sohn alles in Ordnung?«

»Wie meinen Sie das?«

»Er hat einen Aufsatz abgeliefert, der keinerlei Sinn ergibt.«

Greens Mutter versuchte, den Text zu lesen. Doch sie wurde ebenso wenig schlau daraus.

»Er ergibt keinen Sinn.«

»Das sagte ich Ihnen ja.«

»Ich verstehe das nicht.«

»In zwei Monaten findet die Prüfung für den Grundschulabschluss statt.«

»In zwei Monaten.«

»So etwas darf nicht mehr vorkommen.«

»Machen Sie sich keine Sorgen«, versicherte Greens Mutter. »Es wird nicht wieder vorkommen.«

Zu Hause musste sich Green zur Strafe in eine Ecke stellen. Außerdem wurde er zu Hausarrest verurteilt, bis seine Schulnoten wieder so gut waren wie einst.

Doch sein Leben änderte sich dadurch kaum. Seit Bürgermeister Ray Wonder und Reverend Barry den Bewohnern noch strengere Verhaltensregeln auferlegt hatten, durften die Kinder das Haus ohnehin nur zur Schule oder sonntags zur Kirche verlassen.

Den nächsten Aufsatz verfasste Green Talbot in einer Sprache, die alle verstanden. Er schrieb über Blumen, den Frühling, die Predigten von Reverend Barry und die Arbeit seines Vaters. Er kam mit einer Eins nach Hause, die in roter Buntstiftfarbe neben seinem Namen im Heft prangte.

»Gut gemacht, mein lieber Green«, sagte seine Mutter.

Er war jetzt zehn Jahre alt. Den Grundschulabschluss schaffte er mit der höchstmöglichen Punktzahl. Als Belohnung durften die Kinder an diesem Nachmittag draußen spielen.

Green Talbots große Schwäche, die den meisten Einwohnern Tranquillitys unbekannt war, war wie gesagt seine Neugierde.

Nachdem er ein Weilchen mit den anderen Kindern gespielt hatte, stahl er sich daher davon, lief unbemerkt die Straße hinauf, schlug den Weg zum Wald ein und blieb bei den ersten Bäumen stehen.

Wieder vernahm er das vertraute Stimmengewirr. Eine Stimme erklang direkt über ihm, und die Worte waren an ihn gerichtet.

»Endlich!«, zwitscherte einer der Distelfinken. »Wir haben uns schon gefragt, wo du geblieben bist.«

»Das habe ich mich auch gefragt«, antwortete Green.

Von da an ging er hin und wieder in den Wald, und zwar wenn seine Mutter mit dem Hausputz beschäftigt war und sein Vater Holz hackte. Zunächst wagte er sich nur bis zum Waldrand und sprach mit den Distelfinken. Nach und nach drang er dann wieder tiefer ins Dickicht vor. Wie man weiß, neigen Kinder dazu, unangenehme Dinge aus ihrer Erinnerung zu verbannen. Green Talbot entsann sich zwar sehr wohl an diese gelben, fluoreszierenden Augen, die in der Dunkelheit funkelten. Im Traum hatten sie ihn unzählige Male heimgesucht. Doch er versuchte ganz einfach, nicht mehr an sie zu denken.

9

Die Jahre vergingen, geprägt von der Beschaulichkeit eines Ortes, der keine Veränderungen zuließ. Die Menschen von Tranquillity schienen den Vorfall mit der Bestie vergessen zu haben, und ihr Leben verlief wieder in den gewohnten Bahnen.

Seit einiger Zeit half Green seinem Vater bei der Arbeit. Er hatte gelernt, nach dem Wald zu sehen und Holz zu schlagen, Lattenzäune zu reparieren und Dächer auszubessern, wenn es hineinregnete. Oft ging er hinunter ins Städtchen, um mit den anderen Kindern zu spielen, auch wenn ihre Spiele ihn langweilten. Meistens saßen sie im Kreis herum und warfen Murmeln gegen eine Wand. Derjenige, dessen Murmel beim Zurückprallen der großen Glaskugel am nächsten kam, gewann.

Als er in seinem zwölften Sommer wieder einmal mit einem Distelfinken sprach, sagte dieser zu ihm: »Ich habe eine seltsame Vorahnung. Lauf nach Hause, Green!«

Und er rannte los. Statt seiner zwei Beine schien er acht zu haben. Er raste den Weg zum Waldrand entlang, dann die Straße zum Haus, bis zur Tür. Sein Vater lag auf dem Boden, und seine Mutter hielt ihm weinend den Kopf. Als sie ihn erblickte, brachte sie nur hervor: »Lauf, Green! Lauf in den Ort, und hol Hilfe.«

Er stürzte Hals über Kopf aus dem Haus, unfähig, einen klaren Gedanken zu fassen, schoss wie der geölte Blitz den Hügel hinunter und hielt nicht eher inne, bis er im Ort angekommen war. Dort stürmte er in den Wurstladen von Hillary Mark, an der Schlange der Kunden vorbei bis zur Theke und stieß hervor: »Ich bin Green Talbot. Meinem Vater geht es schlecht. Schnell, ruft einen Arzt.«

Sein Vater starb noch am selben Tag. Das Blut war ihm im Gehirn explodiert. So hieß es jedenfalls. Maria weinte stumm und unaufhörlich vor sich hin, als wäre ihr Leben von nun an keinen Pfifferling mehr wert.

Green verfiel wieder in Schweigen. Mehrere Monate lang sprach er kein Wort. Eines Morgens ging er dann zu seiner Mutter, betrachtete lange ihr vom Alter gezeichnetes Gesicht und fragte sie: »Erzählst du mir, wie du Papa kennengelernt hast?«

10

Gregory Talbot lief mit schlammbespritzter Hose über die französische Erde.

Es war das Jahr 1918.

Er gehörte dem vierten Bataillon unter dem Kommando von Sir Henry Rawlinson an. Der General hatte im Laufe seiner Karriere schon mehr als einen Sieg errungen, und so kämpften seine Soldaten bis zum letzten Blutstropfen für ihn, auch wenn es kaum mehr als einen leisen Hoffnungsschimmer gab. Doch das war in jenen finsteren, längst vergessenen Jahren etwas, was man nicht unterschätzen durfte.

Die Schlacht begann um vier Uhr zwanzig am frühen Morgen auf französischem Boden bei Amiens. Ringsum war alles in dichten Nebel gehüllt.

Das vierte Bataillon hatte im Norden des Schlachtfeldes Stellung bezogen. In der Mitte die Kanadier und Australier. Und auf der entgegengesetzten Seite, im Süden, die Franzosen. Es sollte kein guter Tag für die Deutschen werden, aber das wussten sie zu diesem Zeitpunkt noch nicht.

Der Befehl erfolgte, und die Soldaten des vierten Bataillons rückten bei undurchdringlichem Nebel vor, der ihnen jegliche Sicht verwehrte.

Gregory Talbot hatte so viel Atem, dass er für zehn Soldaten gereicht hätte, und mit seinen zwei Beinen rannte er so schnell, als hätte er acht davon. In der feuchten Luft spürte er, wie dichte Atemwolken aus seiner Lunge emporstiegen und sich im Wind verflüchtigten.

Er gab nicht *einen* Schuss ab. Sondern hörte nur noch einen Knall, dann das Nichts.

Als er erwachte, lag er auf einem Feldbett und spürte einen stechenden Schmerz im Bein. Fast im selben Augenblick wurde er wieder bewusstlos.

Alle dachten, er würde sterben. Doch als er zum zweiten Mal die Augen aufschlug, erblickte er eine Frau, die ihn verarztete. Sie sprach mit einem drolligen italienischen Akzent.

11

Green und Maria verlebten noch fünf weitere, weitgehend unbeschwerte Jahre zusammen. Green erledigte im Ort die Einkäufe und unterhielt sich mit den Leuten. Inzwischen hatte er sich mit Kathy angefreundet, der Tochter von Hillary Mark und dem Bäcker Almery.

Sie war zwar erst elf, doch wenn man ihr in die Augen blickte, konnte man darin die Zukunft lesen. In diesen strahlend hellen blauen Augen erkannte man bereits die Frau, zu der sie später einmal werden würde. Eine Frau, wie es keine zweite in ganz England geben würde, ja, vielleicht nicht einmal in ganz Europa.

Eines Tages, dem ersten von vielen weiteren, nahm er sie mit in den Wald. Die ganze Zeit über hielt er ihre Hand.

Er wechselte ein paar Worte mit zwei, drei Distelfinken, und Kathy kamen ihre Laute eher seltsam vor, außerdem schienen sie für Waldvögel nicht besonders gesprächig zu sein. Sie fragte Green nach dem Grund.

»In letzter Zeit reden sie nicht viel, und wenn, dann erzählen sie mir vom Wald.«

»Und was sagen sie?«

»Dass er allmählich stirbt.«

Schon seit geraumer Zeit war sich Green Talbot der Tatsache bewusst geworden, dass die Dinge starben. Dieses Bewusstsein änderte zwar nichts daran, dass er litt, doch half es ihm, über das Gefühl des Verlustes hinwegzukommen.

Als seine Mutter jedoch eine Krankheit ereilte, die kein Arzt zu heilen vermochte, fand er keinen Trost mehr in seinem Wissen.

12

1899–1936
HIER RUHT MARIA TALBOT,
EHEFRAU und MUTTER,
AN DER SEITE DES MANNES,
DEN SIE MEHR ALS IHR LEBEN LIEBTE.

Green hatte diese Inschrift in den Stein meißeln lassen. Während er die beiden benachbarten Grabsteine betrachtete, kam ihm ein Gedanke, ein einziger, über den Sinn des Lebens: Beginn und Ende zählen nicht, das, was dazwischenliegt, verleiht ihm Sinn.

Im Laufe der nächsten Monate verlor er jedes Interesse an seinen täglichen Pflichten und damit auch an dem Städtchen Tranquillity. Er kannte hier jeden Winkel, hatte schon viel zu oft mit jedem einzelnen Bewohner gesprochen, und sogar der Wald und seine Tiere schienen müde geworden zu sein.

Ich muss in einen größeren Ort, dachte er.

Als der Frühling kam, sein achtzehnter, verließ Green Talbot das Haus auf dem Hügel. In der Hand trug er denselben Koffer, mit dem sein Vater vor vielen Jahren gekommen war. Er enthielt nur wenige Kleidungsstücke.

Bei dem kleinen Rathaus angelangt, bat er Bürgermeister Ray Wonder, ihn zu Reverend Barry zu begleiten. Unterwegs unterhielten sie sich.

In der Kirche zündete Green eine Kerze an, und sie sprachen lange miteinander.

Schließlich gelang es dem Pastor und dem Bürgermeister, ihn zu überreden, noch einen Tag zu bleiben. Aber am nächsten Tag, so sagte er zu ihnen, würde er sicher weggehen.

Doch waren nur wenige Menschen im Laufe der Geschichte nach Tranquillity gekommen, und keiner hatte den Ort je wieder verlassen. Am nächsten Tag fand Green Talbot die einzige Straße, die aus dem Städtchen hinausführte, abgeriegelt. Fast alle Einwohner hatten sich versammelt und standen mit verschränkten Armen da. Sie sahen ihn an wie einen Verräter oder einen Dieb.

Bürgermeister Ray Wonder trat vor.

»Green Talbot, du bist in dieser Stadt aufgewachsen, und du willst ihr den Rücken kehren?«

»Ja, das will ich«, antwortete Green Talbot.

»Und was hoffst du, da draußen zu finden? Glaubst du, die Welt kann dir so viel mehr bieten als unser Ort, glaubst du das wirklich?«

»Keine Ahnung, ich weiß nur, dass ich es tun muss.«

»Der Rat hat einen Beschluss gefasst«, erklärte Bürgermeister Ray Wonder kurz und bündig. »Wenn du unsere Stadt verlassen willst, dann tu es, aber nicht über diese Straße.«

Green rief sich ins Gedächtnis, dass es nur einen weiteren Weg aus Tranquillity hinaus gab, und der führte geradewegs durch den Wald, an dessen anderem Ende er ja, vor vielen Jahren, fast angelangt wäre. Er erinnerte sich auch an den Wind und wusste, dass es ihm freistand zu gehen.

Seine Augen verengten sich. Seine Pupillen zogen sich zusammen, so, als würde er nach innen blicken statt nach außen.

»Aber ich werde nicht lebend hinausgelangen«, sagte er zum Bürgermeister, der eine selbstgefällige Miene zur Schau trug.

»Das ist doch ein guter Grund zu bleiben«, entgegnete Ray Wonder scharf und zupfte seine Jacke zurecht, die nach wie vor von einem einzigen Knopf auf der Brust zusammengehalten wurde. Dann senkte er die Stimme, die nun einen milderen Klang annahm. »Es ist nur zu deinem Besten.«

»Na schön«, erklärte Green.

Er lief die Straße, über die er gekommen war, wieder zurück, den Hügel hinauf, an dem kleinen Haus vorbei und bog in den Waldweg ein. Der Gedanke, tief in den Wald vorzudringen, jagte ihm große Angst ein. Doch dann beschloss er, den einmal beschrittenen Weg bis zum Ende zu verfolgen. Bliebe er in Tranquillity, würde er allmählich zugrunde gehen, das wusste er.

Er durchquerte den Wald und erreichte schließlich das andere Ende. Obwohl ein wenig Licht durchsickerte, war das Unterholz so dicht, dass er sich wie in einem finsteren Urwald vorkam.

Dann sah er sie zum zweiten Mal.

Zwei gelbe Augen, die auf ihn gerichtet waren.

Er ließ den Koffer fallen, der sich durch den Aufprall öffnete, sodass sich seine wenigen Kleidungsstücke über die Erde verteilten. Die Bestie kam näher, und jeder ihrer Tritte versetzte die Erde in dumpfe Schwingung. Green verharrte reglos, wie versteinert vor Angst, genau wie dreizehn Jahre zuvor. Doch im Unterschied zu damals ertönte jetzt von nirgendwoher eine Stimme, die ihn aus seiner Erstarrung riss, niemand sorgte sich um ihn. Er war allein.

Die Bestie kam immer näher. Und schließlich konnte er sie erkennen.

Es war ein ungeheuer großes Tier. Green schätzte, dass es einem ausgewachsenen Mann bis zur Brust reichte. Es war größer als ein Löwe – auch wenn Green die Größe eines Löwen nur vom Hörensagen kannte. Sein Fell war dunkel gescheckt und struppig. Es näherte sich mit dem gleichen bedrohlichen Knurren wie beim letzten Mal.

Wenige Schritte von ihm entfernt blieb es stehen und fletschte seine furchterregenden Zähne.

Da blickte ihm Green in die Augen. Und las darin eine tiefe Traurigkeit.

Wieder stieß die Bestie ein schauriges Knurren aus, das man bis zu den ersten Häusern von Tranquillity hören musste. Green Talbot wich ein paar Schritte zurück.

»He«, sagte er. »Wie heißt du?«

Die Bestie fuhr fort zu knurren und ihm geradewegs in die Augen zu starren, als koste sie die Vorfreude auf den Augenblick aus, da sie sich mit einem Satz auf ihn stürzen würde, senkte jedoch dann ganz langsam den Blick. Schließlich ließ sie ein Stöhnen vernehmen wie jemand, der etwas bedauert.

»GROF«, machte sie.

Und dann näherte sich ihre Schnauze Greens Gesicht.

»Freut mich, dich kennenzulernen, Grof«, sagte Green Talbot. »Ich heiße Green Talbot. Ich versuche gerade, diese Stadt zu verlassen.«

Er legte dem Tier die Hand auf den Kopf, und Grof schloss die Augen. An der Art, wie er sich seiner Berührung hingab, konnte Green erkennen, dass es wahrscheinlich das erste Mal war, dass jemand ihn liebkoste. In diesem Augenblick begriff Green, dass die Menschen eine verfluchte Angst vor allem hatten, was sie nicht kannten, und dass manchmal ein wenig Zuneigung genügte, um die Dinge zu verändern.

Seite an Seite machten sich Green Talbot und das seltsame Tier Grof auf den Weg, um gemeinsam den Wald von Tranquillity zu verlassen. Jenseits des Waldrands erstreckte sich eine riesige grüne Ebene, und der Wind fegte durchs Gras, als liefe er hindurch. Zum ersten Mal erblickte Green eine so weite offene Fläche, und plötzlich schien es ihm, als lebte er ein Leben, das nur ihm gehörte.

Aber er nahm nicht diesen Weg, um Tranquillity zu verlassen. Da war noch etwas, was er erledigen musste.

Er ging den ganzen Weg zurück und ins Städtchen hinunter. Noch immer versperrte die Menschenkette den Durchgang und wartete auf ihn, für den Fall, dass er doch noch versuchen sollte, über die Hauptstraße zu fliehen.

Als die Einwohner von Tranquillity ihn mit dem riesigen Tier kommen sahen, stoben sie wie aufgescheuchte Hühner in alle Richtungen auseinander. Allein Bürgermeister Ray Wonder und Reverend Barry, denen die Augen aus den Höhlen zu treten drohten, blieben zurück.

Green Talbot erzählte ihnen, wie er beschlossen hatte, sich der Bestie zu stellen, und wie ihm schließlich bewusst geworden war, dass sie im Grunde nur ein armes Geschöpf war, wie so viele andere auch.

Die beiden Männer schienen alles andere als überzeugt.

Der kleinen Kathy Almery gelang es schließlich, sie umzustimmen. Als sie ihre Stimme hinter sich hörten, drehten sie sich um und sahen, wie sie Grof, das Tier, streichelte und »Du bist aber ein schöner großer Hund« zu ihm sagte. Und Grof, der in seinem ganzen Leben noch keine zärtliche Zuwendung erfahren hatte, ließ es sich bereitwillig gefallen.

Als er sich umwandte, um sich auf den Weg zu machen, hörte Green die kleine Kathy fragen: »Kehrst du wieder zurück?«

»Ja, bestimmt«, sagte er. »Und dann kommst du mit mir mit.«

So ging Green Talbot aus Tranquillity fort. Er ließ ein Dasein hinter sich, das ihm Sicherheit geboten hatte und dessen Wege ihm vertraut waren. Und doch fühlte er sich gerade deswegen mit einem Mal so lebendig: Weil er nicht wusste, was ihm das Leben von nun an bescheren würde.

DAS MEER

13

Zwei Tage lang marschierte er einfach weiter, ohne auch nur einmal anzuhalten. Zum ersten Mal im Leben hatte er einen unbekannten Weg eingeschlagen.

Es war fast schon Abend, und noch immer schleppte sich Green Talbot auf seinen zwei Beinen voran, und es kam ihm vor, als hätte er nur noch eines. Seine Muskeln waren so viel Bewegung nicht gewöhnt. Die Müdigkeit kroch ihm in die Glieder und vernebelte ihm die Sicht. Seit zwei Tagen hatte er nichts mehr gegessen, und das wenige Wasser in seiner Feldflasche war auch schon aufgebraucht. Seine Kleider waren zerknittert und klebten ihm am Leib.

Er beschloss, sich auf einen großen Stein am Wegrand zu setzen. Sich auszuruhen, um diese ihm noch unbekannte Welt zu betrachten.

Sie unterschied sich nicht besonders von Tranquillity. Gras und Bäume und hie und da ein paar Häuser. Alles erschien ihm weit weg. Irgendwann fielen ihm die Augen zu, und der Koffer landete mit einem dumpfen Schlag auf der grasbewachsenen Erde.

Ein Geräusch, wie er es nie zuvor gehört hatte, weckte ihn auf. Obwohl es aus der Ferne kam, übertönte es alle anderen Laute. *Roaaam*, kam es von weither. Green Talbot sprang auf die Füße und fragte sich, was zum Teufel das sei. *Roaaam* – eine Art Tier, das blitzschnell auf ihn zugerast kam.

Dann sah er es.

Es war aus glänzendem Metall, bewegte sich auf Rädern und zog eine Spur aus Staub und Rauch hinter sich her.

Roaaam machte es, als es angeschossen kam. Geritten wurde es von einem Mann mit einer Brille mit dunklen, runden Gläsern, die das halbe Gesicht verdeckte. Als der Fremde ihn überholte, sah Green, dass er eine Hand gehoben hatte und ihm wild gestikulierend zurief: »JAHU-HU-HUUUUUU«, um sie dann wieder auf etwas Rundes zu legen, das ihm offenbar als Zügel diente.

Plötzlich hörte er ein Quietschen. Die Räder blockierten, und das metallische Wesen schlingerte mit dem Hinterteil zuerst nach rechts, dann nach links, ehe es zum Stehen kam.

Der Mann mit der Brille sprang auf die Straße. Er trug eine merkwürdige Lederjacke. Er nahm die Brille ab und kam näher.

»WAHNSINNSMOTOR«, sagte er. »WAHNSINNSGESCHWINDIGKEIT. Aber WAS machst du denn hier, JUNGE?« Er sprach so laut, dass man ihn noch eine Meile weiter hätte hören können. »HIER, an diesem GOTTVERLASSENEN und STERBENS-LANGWEILIGEN Ort?«

»Ich heiße Green Talbot«, entgegnete Green Talbot nur.

»Sehr erfreut, GREEN TALBOT. Ich bin TÖPFER, BILDHAUER und PILOT auf den Straßen der Welt. Aber du kannst mich ruhig JERRY SPEARS nennen.«

»Ich habe noch nie einen Töpfer, Bildhauer und Piloten auf den Straßen der Welt kennengelernt.«

»Na, dann KENNST du jetzt einen.«

Jerry Spears sah ihn an wie einen Jungen, der aus dem Nichts gekommen ist. Und das sagte er ihm auch.

»JUNGE, du siehst aus, als seist du aus dem Nichts gekommen.«

»Ich komme aus Tranquillity«, erklärte Green.

»NOCH NIE gehört. Wirklich, NOCH NIE.«

Ehe Green Talbot die Hand auf seinen Koffer legen konnte, wurde dieser auch schon von einer anderen Hand ergriffen und zu dem metallischen Ungetüm getragen. Jerry Spears setzte sich die Brille wieder auf, sprang hinein und sagte: »Steig ein, JUNGE, steig ein!«

Und Green stieg, ohne lange zu überlegen, ein.

»JAHU-HU-HUUUUUUU«, brüllte Jerry Spears, und die Straße und die Bäume und das Gras glitten immer schneller an ihnen vorüber. Green Talbot sah, wie all die Bäume zu einem einzigen Baum verschmolzen und die Straße gleich einer Gewitterwand auf ihn zubrauste.

Er versuchte, Jerry Spears etwas zu sagen.

»ICH VERSTEHE DICH NICHT«, schrie Jerry. »SPRICH LAUTER.«

»ICH HABE GEFRAGT, WAS DAS DA IST.«

»DAS IST DIE ZUKUNFT, JUNGE. DIE GESCHWINDIGKEIT.«

»WENN MICH BÜRGERMEISTER RAY WONDER UND REVEREND BARRY JETZT SEHEN WÜRDEN.«

»WAS?«

Bei dem Krach verstand man das eigene Wort nicht. Dieses Metallungeheuer machte mehr Lärm als Grof der Hund, wenn er knurrte, und der Wind, der einem ins Gesicht blies, machte die Sache auch nicht besser.

»ACH, EGAL. WAR NICHT SO WICHTIG.«

Jerry Spears bedeutete ihm, dass er verstanden habe, indem er einen ausgestreckten Daumen in die Luft reckte. Dann legte er wieder beide Hände auf diese komischen runden und steifen Zügel, die er von Zeit zu Zeit wie ein Wahnsinniger hin und her drehte.

So machte Green Talbot zum ersten Mal Bekanntschaft mit der Welt draußen. Diese Welt war so faszinierend für ihn, dass er die Augen gar nicht mehr zubekam. Doch dann flog ihm eine Mücke ins Auge, und weil es so wehtat, presste er es zu, sodass er nichts mehr sah. Sehr schnell lernte er, dass auch Wunder ihre Schattenseiten haben.

14

»DAS DA NENNT MAN LENKRAD. UND EINES DER PEDALE DA UNTEN IST DIE BREMSE«, erklärte Jerry Spears.

Green Talbot blinzelte ihn aus dem rechten Auge an, das ihm noch immer höllisch wehtat.

»DIE BREMSE BRAUCHT MAN, UM ANZUHALTEN.«

Jerry Spears drückte die Bremse ganz durch. Die Räder blockierten, und das Hinterteil des Automobils schlingerte zuerst nach rechts und dann nach links, ehe es zum Stehen kam. Unmittelbar vor einem Schild mit der Aufschrift

PORTSMOUTH

Und darunter stand:

GEGRÜNDET 1180 VON JEAN DE GISORS

Er hatte bis dahin keine andere als seine Heimatstadt kennengelernt und keine Ahnung, was ihn erwartete. Jerry Spears erklärte ihm, dass dies ein guter Ort zum Leben sei, ja, dass es sich in allen am Meer gelegenen Orten gut leben lasse.

»Am Meer?«, fragte Green Talbot.

Jerry Spears stieg aus dem Automobil und ging zu Greens Seite hinüber.

»JUNGE, willst du mir etwa sagen, dass du noch nie das MEER gesehen hast? Dass du noch nie vom MEER gehört hast?«

»Noch nie«, sagte Green, und plötzlich überkam ihn eine unbändige Lust, es zu sehen.

»WASSER«, sagte Jerry Spears. »Wasser, so weit das Auge reicht. WASSER, das immer in BEWEGUNG ist und keinen Moment RUHIG bleibt. Wasser, das so WEIT reicht, dass es sogar den Himmel berührt, und FISCHE, die darin schwimmen und mehr Wasser ATMEN, als die Menschen je in ihrem Leben TRINKEN können, JUNGE.«

»Das Meer«, wiederholte Green.

»EINE Arbeit«, sagte Jerry Spears. »DU MUSST zuerst EINE Arbeit finden, wenn du überleben willst.«

Green Talbot erwiderte, dass die einzige Arbeit, die er beherrsche, die des Waldhüters sei; dass auch sein Vater bis zum letzten Tag seines Lebens Waldhüter gewesen sei.

Da erklärte Jerry Spears Green Talbot, dass sich die Welt verändert habe und man so gut wie keine Waldhüter mehr brauche.

»DIE Menschen BEWEGEN sich, die Menschen HABEN es eilig, JUNGE, doch die Wälder bleiben

STEHEN. Ich sage dir jetzt, was die Zukunft der Welt ist. DAS REISEN. Bald, in KÜRZESTER Zeit werden alle ein AUTOMOBIL fahren, und in ganz England werden die Leute ständig unterwegs sein. DU MUSST dir eine Arbeit suchen, die mit dem REISEN zu tun hat.«

Ich muss mir eine Arbeit suchen, die mit dem Reisen zu tun hat, dachte Green.

Ihm erschien es eher unwahrscheinlich, dass diese metallenen Gefährte sich bei der Allgemeinheit durchsetzen würden, doch Jerry Spears machte den Eindruck, als kenne er die Welt besser als er.

Und so kam es, dass Jerry Spears ihn zu dem Wirtshaus von Palomar Almirante brachte, einer Raststätte für Hungrige, Müde und Reisende, die eine Herberge suchten. Mr Palomar sagte jedem, der sein Lokal betrat, dass er allmählich reichlich alt werde und nichts gegen einen Gehilfen einzuwenden habe.

Green blickte Jerry Spears nach, der sich in unglaublichem Tempo entfernte. Der Staub, den er hinter sich aufwirbelte, konnte es wahrlich mit einem Tornado aufnehmen.

Dann trat er vor Palomar Amirante und sagte ganz einfach: »Ich heiße Green Talbot.«

»Green Talbot, willst du ein Zimmer mieten?«, fragte Palomar Almirante und kraulte sich den weißen Bart, als wälze er gerade weltbewegende Gedanken.

»Nein, ich suche Arbeit.«

»Arbeit?«

»Als Erstes muss ich eine Arbeit finden, wenn ich überleben will.«

»Eine weise Entscheidung«, erwiderte Palomar. »Ich werde allmählich zu alt und brauche tatsächlich einen Gehilfen.« Dann fügte er hinzu: »Die Bedingungen sind folgende: Du kannst hier schlafen und essen, so viel du willst. Gearbeitet wird von morgens um sechs bis abends um zehn.«

Green Talbot, dem das Wasser im Munde zusammenlief, reichte Palomar Almirante die Hand, der sie drückte und die Andeutung eines Lächelns erkennen ließ. So schloss man damals Verträge.

15

Green arbeitete mehr als ein Jahr in dem Wirtshaus. Palomar Almirante war ein guter Mann, allerdings nicht so gut, dass er seinen Gehilfen daran gehindert hätte, sich mit den schwersten Arbeiten abzumühen, oder dass er ihm hin und wieder einen freien Tag zugestanden hätte.

Während dieser Zeit hatte Green nur einen einzigen Freund, und das war Jerry Spears. Jede Woche besuchte ihn dieser mit seinem Automobil, wo sie zusammen eine Flasche Wein leerten.

»EUPHORIE«, sagte Jerry Spears. »Die HEILIGE FRAU, die einen nie mal an einem Ort zur Ruhe kommen lässt.«

In diesen Monaten war Green Talbot andauernd müde, sodass ihm einen Tag um den anderen die Energie fehlte, zum Meer zu gehen. Er hörte die Seeleute davon reden oder die wenigen Reisenden, die von den Küsten Frankreichs kamen und im Ort Station machten.

Eines Abends fragte er einen von ihnen: »Wie ist es denn so in Frankreich?«

Der Reisende hieß Henry Delacroix.

16

Henry Delacroix hatte sein ganzes Leben in einem kleinen Dorf im Norden des Landes verbracht und nie daran gedacht, die Welt zu erkunden. Doch eines Tages stellte er fest, dass er alt wurde. Er hatte weder Frau noch Kinder. Je mehr Jahre vergingen, desto deutlicher wurde ihm bewusst, dass er nichts zu verlieren hatte, wenn er sich auf den Weg in die Welt hinaus machte.

Darin waren sich Green und er vollkommen einig.

Sie redeten und redeten. Und während Monsieur Delacroix ihm erzählte, wie er das Meer überquert hatte, um nach England zu gelangen, verspürte Green immer stärker das Bedürfnis, dieses Land zu verlassen.

Er beschloss, Mitte September seinen Plan in die Tat umzusetzen, wenn die Kraft der Sonne nachließe und der kalte Wind an den Rändern des Sommers zu zerren begönne.

Den Koffer fest verschnürt, trat er eines frühen Morgens vor Palomar Almirante hin.

»Was willst du denn woanders schon groß finden, Junge.«

Es war mehr eine Feststellung als eine Frage.

»Mal sehen, irgendwas«, sagte Green.

Während er der Straße zum Meer folgte, wurden seine Schritte immer schneller, und statt zwei Beinen schien er vier zu haben.

»Halt, warte noch!«, rief Palomar Almirante hinter ihm her.

Als er ihn eingeholt hatte, reichte er Green einen Umschlag. Darin befanden sich einige Geldscheine.

»Das ist alles, was ich dir geben kann. Ohne Geld würdest du nicht weit kommen.«

Es war das erste Mal, dass Green Talbot eigenes Geld zur Verfügung hatte.

»Damit kannst du eine Schiffspassage bezahlen, um auf die andere Seite des Meers zu gelangen.«

»Danke«, sagte Green.

»Und noch was. Falls etwas schiefgehen sollte …«

»Ja?«

»Ach, lauf schon los, mein Junge! Lauf, so weit dich deine Füße tragen und so lange du genügend Luft in den Lungen hast!«

»Das werde ich!«

Sie schüttelten sich die Hand.

So besiegelte man damals sein Wort.

17

Noch ehe er es sah, nahm er seinen Geruch wahr. Er unterschied sich kaum von dem in Hillary Marks Wurstladen, nur dass er ein wenig feiner war. Green schloss die Augen und folgte ihm bis zum Straßenende. Der Geruch wurde untermalt von einer ihm unbekannten Vogelsprache, menschlichen Stimmen und dem Klirren von Eisenstangen, die aneinanderstießen.

Als er das Gefühl hatte, nahe genug zu sein, öffnete er die Augen und sah es.

Es war genau so, wie Jerry Spears es ihm beschrieben hatte, oder vielleicht noch ein bisschen größer. Wasser, das sich bis ins Unendliche zu erstrecken schien und in ständiger Bewegung begriffen war. Ein von weißen Flecken gesprenkeltes Blau, das sich in weiter Ferne mit dem Himmel vereinte. Und darüber sah er seltsame Vögel fliegen, die weißen Flügel ausgebreitet, als gingen sie in der Luft spazieren, als wäre die Luft Erde für sie.

»Hallo!«, sagte er.

»Guiiiii-ii«, antwortete ihm einer dieser Vögel.

»Ich verstehe dich nicht.«

»Wir versteh'n dich auch wenig.«

»Ich habe noch nie so große Vögel gesehen.«

»Wir die gruößten der Erde.«

»Ich bin Green Talbot«, sagte Green Talbot und hob die Stimme, damit sie ihn besser verstanden.

»Und ich Banjeseiro, die Möwe.«

»Sehr erfreut, Banjeseiro.«

Green wollte gerade noch fortfahren, als ein Brummen, das eindeutig von einem Automobil stammte, ihn herumschnellen ließ.

»ALSO verlässt du UNSERE kleine Stadt.«

»Jerry!«

»Hast DU'S gut. DU kannst fort.«

»Ich setze nach Frankreich über«, erwiderte Green.

»Ich wünsche dir ALLES Glück der WELT, mein FREUND.«

Wenn es überhaupt jemanden gab, den er nur ungern zurückließ, so war es Jerry Spears.

»Jerry.«

»WAS DENN?«

»Versprich mir, dass wir uns wiedersehen.«

»Aber sicher sehen wir uns wieder, und zwar dann, wenn du am wenigsten damit rechnest! Das ist immer so bei JERRY SPEARS.«

Das Gesicht des Mannes hatte einen wehmütigen Ausdruck angenommen. Doch auch Green konnte eine gewisse Traurigkeit nicht verhehlen. Jerry Spears war, auf seine Art, sein erster richtiger Freund außerhalb von Tranquillity gewesen.

Hätte man durch die Gläser seiner Fliegerbrille hindurchsehen können, hätte man bemerkt, dass die

Augen von Jerry Spears mehr als feucht schimmerten. Doch ein Pilot auf den Straßen der Welt überlässt sich nicht so mir nichts dir nichts seinen Gefühlen.

Und so gewahrte Green Talbot nur noch, wie sein Freund den Wagen wendete, ehe er sich mit der Geschwindigkeit eines Projektils entfernte und sich die Umrisse seiner erhobenen Hand scharf gegen den Himmel abzeichneten. Mit der Rauchwolke, die er hinter sich herzog, vermischte sich sein letzter Gruß, »JAHU-HU-HUUUUUU, GREEN«, bis sich der Qualm verflüchtigte, der Gestank wieder der frischen Seeluft wich und von Jerry Spears keine Spur mehr zu sehen war.

Green blieb allein mit der Möwe Banjeseiro, die in der Luft kreiste, und dem Lärm der nahen Schiffswerften. Teils mit Worten, teils mit Gesten gelang es ihm, sich mit Banjeseiro zu verständigen, der ihm erklärte, dass Frankreich nicht besonders weit entfernt sei, aber auch nicht gerade nah. Doch würde er einfach den Kapitän von einem der klapprigen Frachtschiffe ansprechen, so nähme ihn dieser mit ein bisschen Glück an Bord.

Green erspähte einen Frachter, der beinahe fertig beladen war. Er lief darauf zu und machte alsbald den Kapitän unter den Männern aus, denn er war leicht zu erkennen.

Ein Mann mit blauer Uniformjacke und Pfeife zwischen den Zähnen, der nach allen Seiten Befehle erteilte.

»Stellt diese Kiste dahin!«, sagte er. »Und die da etwas weiter nach hinten! Oar, oar.«

Zwischen zwei Befehlen stieß er Laute aus, die sich wie ein Knurren oder Brummen anhörten, begleitet von einem Husten.

»Sir!«, rief Green Talbot.

Der Mann drehte sich zu ihm um.

»Was heißt denn hier ‚Sir'! Ich bin Kapitän Petin!«

»Kapitän Petin!«

»Was willst du, junger Mann?«

»Eine Überfahrt nach Frankreich.«

»Nach Frankreich! Eine große Seefahrernation! Das kostet dich aber eine hübsche Stange Geld, junger Mann.«

Green Talbot zog die Scheine aus der Tasche, die ihm Palomar Almirante gegeben hatte.

»Das ist alles, was ich habe.«

Der Kapitän nahm sie und zählte sie, dann blickte er Green scharf an.

»Damit kommst du nicht weit. Die reichen gerade mal für die Hälfte der Reise!«

»Aber ich muss unbedingt nach Frankreich hinüber.«

»Um dich nach Frankreich zu bringen, benötige ich die doppelte Summe.«

»Ich kann in der Küche helfen. Ich habe ein Jahr lang in einem Wirtshaus gearbeitet.«

»Junge! Die Mithilfe in der Kombüse ist höchstens ein Viertel der Schiffspassage wert!«

»Also gut«, sagte Green Talbot und streckte ihm die Hand hin.

»Also gut«, sagte der Kapitän Petin, ohne die Hand zu ergreifen.

So lernte Green Talbot die Kunst des Verhandelns, wenngleich das Ergebnis nicht gerade ruhmreich war.

Als er den Frachter bestiegen hatte, hörte er ein Flügelschlagen über sich in der Luft.

»Banjeseiro!«

»Ich fliegen mit dir, Jung. Du gäben Banjeseiro von Essen.«

»Ich werde es versuchen«, entgegnete Green.

Kurz darauf legte das Schiff ab. Green Talbot beobachtete, wie sich die Küste Englands immer weiter entfernte, doch noch ehe sie vollkommen aus seinem Blickfeld entschwand, drehte er sich um und schaute aufs Meer hinaus. So war er nun mal. Er zog es vor, sich die Zukunft auszumalen, statt zu beweinen, was er hinter sich ließ. Über ihm segelte die Möwe Banjeseiro mit reglos ausgebreiteten Flügeln durch die Lüfte, als glitte sie über blank polierten Grund.

18

Er wurde zum Kartoffelschälen eingeteilt. Eine Arbeit, die selbst der rangniedrigste Küchenjunge auf dem Schiff sterbenslangweilig fand.

Der Koch, ein widerlich schmieriger Hüne, der mindestens hundert Kilo wog, saß auf einem Stuhl, eine zerknitterte Mütze auf dem Kopf, und verscheuchte die Fliegen.

Eine knappe Stunde darauf betrat Kapitän Petin die Kombüse.

»Wenn du mit dem Schälen fertig bist, kannst du dich eine Stunde lang ausruhen! Danach wartet ein Berg schmutziges Geschirr auf dich.«

Green Talbot hörte ihm wortlos zu.

»Und nach dem Abwasch wird das Abendessen vorbereitet! Hier ist kein Platz für Trantüten! Auf dem Schiff von Kapitän Petin wird nicht faul herumgelungert!«

Er wandte sich zu der verrosteten schmalen Treppe, um wieder nach oben zu gehen.

»Wie lange dauert diese Reise eigentlich?«

»Neun Stunden bis zur Ankunft in Frankreich«, erwiderte Petin. »Aber du, junger Mann, verlässt das Schiff nach sieben Stunden! Oar, oar.«

Und er verschwand die Treppe hinauf.

Green war nicht entgangen, wie sich der Mund des Kapitäns zu einem hämischen Grinsen verzogen hatte, doch er machte sich darüber nicht weiter Gedanken. Er fuhr fort, mit seinem Messer die sommersprossigen Schalen von den Knollen zu entfernen.

Als er fertig war, verabschiedete er sich von dem widerlich schmierigen Koch, der ihn keines Blickes würdigte, schob zwei trockene Brotscheiben unter seine Jacke und stieg damit aufs Deck hinauf.

Inzwischen war es helllichter Tag, und die Sonne mühte sich, den kalten Wind auf der offenen See zu erwärmen. In der Ferne folgte die Möwe Banjeseiro dem Schiff.

»Banjeseiro!«, rief Green und winkte.

Die Möwe machte zwei, drei, vier Flügelschläge, und schon schwebte sie über seinem Kopf.

»Da bis' du endlich, Jung. Futter für Banjeseiro bringen?«

Green zog die zwei Brotscheiben unter seiner Jacke hervor und warf sie in die Luft. Banjeseiro sperrte seinen großen Möwenschnabel auf und schnappte sich beide Scheiben im Flug. Dann setzte er auf der Wasseroberfläche auf und folgte der Spur eines Fisches, den nur er sehen konnte, fing die zuckende Beute zwischen seinen zwei Brotscheiben und verschlang alles auf einmal.

»Lecker, lecker Fruessen«, krächzte er.

Als Green so dastand und Banjeseiro beobachtete, sagte er sich, dass Möwen tatsächlich die größten Vögel der Welt seien. Die Distelfinken im Wald von Tranquillity kamen ihm wieder in den Sinn. Die beschränkten sich darauf, ein wenig auf den Ästen umherzuhüpfen oder ab und zu auf den Boden hinabzufliegen, um dort nach Nahrung zu picken.

Von dem vielen Fliegen wurde auch Banjeseiro allmählich müde. Er kurvte im Gleitflug über das Schiff, um sich dann auf der Reling niederzulassen.

»Also du geh'n fort? Aber wohin du geh'n?«

»Das weiß ich selbst noch nicht«, antwortete Green. »Ich weiß nur, dass ich nicht immer am selben Ort bleiben möchte. Aber es kommt weder auf die Orte an, die man besucht, noch auf den Anfang oder das Ende einer Sache.«

»Ich nicht ganz versteh'n.«

»Was redest du denn da für einen Unfug!«, hörte er hinter sich eine Stimme.

Kapitän Petin zog kräftig an seiner mit feinen Intarsien verzierten Pfeife.

»Junger Mann! Du musst wahrlich noch eine Menge lernen! Oar, oar.«

»Aber …«, begann Green.

»Aber, aber, aber! Nichts aber! Ich habe noch so viel zu erledigen, dass ich keine Zeit habe, hier herumzustehen und dir zuzuhören.«

Und so unvermittelt, wie er aufgetaucht war, verschwand er wieder in einer der Kabinen, die auf das Deck hinausgingen.

Green Talbot blieb noch ein wenig draußen, um mit Banjeseiro zu plaudern, doch bald wurde er wieder in die Kombüse zurückgerufen.

Dort warteten Berge schmutzigen Geschirrs auf den Abwasch. Vom Mittagessen der Matrosen war auch nicht der kleinste Rest übrig geblieben. Green war so hungrig und müde, dass er das Ende der Reise kaum erwarten konnte.

Gerade als er bei den letzten grünen Bohnen die Stiele abschnitt, geschah es.

Ein großer, dicker Seemann kam die rostige Treppe herunter. Er sagte nur: »Zeit zu gehen«, und wies mit der Hand zum oberen Ende der Treppe.

Es hatten sich alle an Deck versammelt, um den verrückten jungen Burschen zu sehen, der eingewilligt hatte, ins Meer geworfen zu werden. Kapitän Petin hatte ein Sprungbrett an der Reling befestigen lassen. Sein zweiter Offizier hielt eine lange, schmale schwarze Holzkassette in der Hand. Ein paar Matrosen packten Green und stellten ihn auf das äußere Ende des Sprungbretts.

Der Kapitän öffnete die längliche Kassette.

Green, der nichts unversucht lassen wollte, sagte: »Kapitän, ich möchte Ihnen etwas vorschlagen.«

Kapitän Petin zog einen blinkenden Säbel hervor.

»Wenn Sie mich nicht ins Meer werfen, arbeite ich für Sie weiter, wenn wir im Hafen angekommen sind.«

Der Kapitän ließ den Säbel zischend durch die Luft sausen, um seiner Besatzung zu demonstrieren, wie schlagkräftig seine schmucke kleine Waffe war.

»Junger Mann! Egal wie viel Mehrarbeit du mir auch anbietest, nichts könnte mir das bevorstehende

Vergnügen ersetzen! Oar, oar.« Er wandte sich an seine Matrosen: »Und was wollt ihr? Den Mann im Hafen oder den Mann im Meer?«

»DEN MANN IM MEER!«, antworteten die Seeleute im Chor.

Sind denn jetzt alle komplett verrückt geworden?, dachte Green Talbot. Er konnte ja nicht wissen, dass Kapitän Petin sein Leben lang davon geträumt hatte, als Pirat kreuz und quer durch die Meere zu pflügen, mit einem Schiff und einer Mannschaft, deren bloße Erwähnung die Menschheit in Angst und Schrecken versetzte. Doch Petin war im falschen Jahrhundert zur Welt gekommen, und wann immer er daran dachte, das heißt jeden verfluchten Tag seines Lebens, geriet er in Rage. Und so ahnte Green auch nicht, dass das Unglück, das ihm widerfuhr, für Kapitän Petin und seine Mannschaft das höchste Vergnügen bedeutete.

Kapitän Petin spießte mit der Spitze seines Krummsäbels die Jacke des jungen Mannes auf.

»Oar, oar«, knurrte er.

»Aua!«, jammerte Green.

»Elende Schweinerei«, krächzte die Möwe Banjeseiro.

Und auch wenn ihm kein bisschen danach zumute war – Green sprang.

Es war ein langer Flug, ehe er in die dunklen Fluten des Ärmelkanals eintauchte. Er bewegte Arme und Beine, Beine und Arme, bis er schließlich wieder an die Oberfläche emporstieg.

Das Frachtschiff von Kapitän Petin hatte sich bereits ein gutes Stück entfernt.

Der Wind trug eine Art Chorgesang an sein Ohr. Und tatsächlich, dieser Haufen verrückt gewordener Seeleute sang ein Lied.

DER JUNGE BURSCH INS MEER
OAR, OAR,
GEWORFEN WERDEN WOLLT' ER
OAR, OAR

Doch dann vermochte er das Lied nicht länger zu hören.

Und in dem Moment wurde Green Talbot gewahr, dass er nicht schwimmen konnte. Er spürte, dass sein Körper zu schwer war. Spürte, wie das Wasser über ihm zusammenschlug, wie es ihm in Nase und Kehle drang. Er bekam keine Luft mehr. Je stärker er mit Armen und Beinen ruderte, umso schneller sank er.

Zum Glück war die Möwe Banjeseiro in der Nähe: Nachdem sie eine perfekt geschwungene Kurve in der Luft beschrieben und dann im Sturzflug herabgestoßen war, tauchte sie die Krallen ins Wasser und bekam ihn zu fassen.

Aber Menschen festzuhalten, die am Ertrinken sind, war noch nie die Spezialität von Möwen. Und bald keuchte Banjeseiro und krächzte atemlos: »Greenjo, nich mit Armen fuochteln wie kopfloses Huhn. Langsam, Greenjo, langsam.«

Green Talbot konnte ihn nicht verstehen. Inmitten dieser endlosen Fluten fühlte er sich so klein und hilflos, dass er nahe daran war, den Kampf aufzugeben. Sein Körper sank immer tiefer in die eisigen Wasserschichten hinab.

Einen letzten Rest Luft hatte er noch in den Lungen. Er versuchte, ihn so lange wie möglich zu halten. Kurz bevor er das Bewusstsein zu verlieren drohte, sah er einen Fischschwarm vorüberziehen.

Er konnte nur einen einzigen Gedanken fassen: Wie zum Teufel bewerkstelligten die das eigentlich mit dem Atmen?

Den letzten Rest Luft benutzte er, um sie zu fragen. Dabei bemühte er sich, Banjeseiros Sprechweise nachzuahmen, denn der war ja schließlich eine Seemöwe.

»Wie zum Teufel kriegt ihr eigentlich Luft, hm?«

Der Anführer hielt an und mit ihm der restliche Fischschwarm. Er machte nur: »Blubb.«

Eine Sauerstoffblase stieg auf und platzte vor Greens Nase, sodass er einen weiteren Atemzug tun konnte.

Er stellte fest, dass die Sprechweise der Fische vollkommen anders war als die der Möwen. Wobei die Fische, aus blankem Überlebenstrieb heraus, die Sprache der Vögel erlernt hatten. Er befand sich in einer misslichen Lage. Es gelang ihm zwar, sich verständlich zu machen, doch verstand er die Fische nicht. Hätte er jetzt eine weitere Frage gestellt, hätte er abermals keine Luft mehr in der Lunge gehabt.

Der Anführer des Fischschwarms erfasste instinktiv sein Dilemma und führte ihm seine Art zu atmen vor. Und Green tat, was er immer schon getan hatte: Er beobachtete. Nach und nach lernte er, dem Wasser Sauerstoff zu entziehen und sich wie ein Fisch zu bewegen.

Als er genügend Sauerstoff aufgenommen hatte, grüßte er den Anführer mit der Hand, worauf dieser seinerseits eine Pirouette im Wasser vollführte, um dann mit dem ganzen Schwarm im Gefolge seinen Weg fortzusetzen.

Green Talbot entdeckte, dass ihm das Schwimmen unter Wasser Spaß machte. Er fühlte sich leicht und kam schnell voran. Bald konnte er auch die Strömungen unterscheiden und lernte, sich von den wärmeren mittreiben zu lassen.

Obschon müde und hungrig, schwamm er immer weiter. Bald vergaß er seine Müdigkeit, denn diese vollkommen neue Welt um ihn herum zog ihn in ihren Bann.

Die Küste Frankreichs sollte er jedoch nicht erreichen. Inmitten dieses grenzenlos großen Beckens war es unmöglich, sich auch nur ansatzweise zu orientieren.

So wurde ihm überhaupt nicht bewusst, in welch irrwitzigem Tempo er den Ärmelkanal hinter sich ließ und in dieses endlose, monströse Universum hineinschwamm, das sich Atlantischer Ozean nannte. Er bekam nur mit, dass das Wasser sehr viel kälter wurde und die Strömungen ihn immer schneller mitrissen.

Als das Meer langsam dunkler wurde, ahnte er, dass die Nacht hereinbrach. Das Blau wurde zu Schwarz, und um ihn herum schien sich schließlich nichts mehr zu regen. Absolute Stille weit und breit. In diesen Stunden drohte ihn mehrmals die Mutlosigkeit zu übermannen, doch rief er sich jedes Mal seinen Vater Gregory und seine Mutter Maria ins Gedächtnis sowie die Distelfinken im Wald von Tranquillity, Grof den Hund und Kathy, die Tochter von Hillary Mark. Eines Tages würde er zurückkehren und sie mitnehmen, wie er es versprochen hatte.

Dann wurde es wieder Tag. Das Meer filterte die Sonnenstrahlen ähnlich wie der Wald. Ausgerechnet als das Meer im hellsten Tageslicht erstrahlte, begannen ihn die Kräfte zu verlassen. Er war schon zu lange ohne Essen und Trinken und spürte seine Beine fast nicht mehr. Mit letzter Kraft tauchte er in Richtung Oberfläche, doch sie schien so weit entfernt, dass er das Wasser nicht mehr von der Luft unterscheiden konnte, etwas davon schluckte und mit dem Ersticken rang, bis sein Kopf schließlich die dünne Wassermembran durchstieß, er den Mund öffnete und Stücke dieses gottverdammt blauen Himmels verschlang wie Löffel voll Marmelade. Doch kurz darauf sah er kein Blau mehr, sondern spürte nur noch, wie ihm die Sinne schwanden, und wurde ohnmächtig.

19

»Im Namen des großen Vaterlandes, dem zu dienen uns eine Ehre ist,

Ein stechender Geruch stieg ihm in die Nase, auch meinte er,

der Freiheit, Gleichheit und Aufopferungsbereitschaft, die die Menschen guten Willens eint,

aus der Ferne eine Stimme zu hören. Sie irrte in seinem Kopf umher, ohne dass er sie genau hätte orten können.

und in Erfüllung unserer Pflicht gegenüber dem Kommandanten des Flagschiffs Hurrikan 5

Die Person hatte einen fremdartigen Akzent, sprach aber dieselbe Sprache wie er.

ist es uns eine Ehre, Sie an Bord unseres Schiffes willkommen zu heißen.«

Er schlug die Augen auf und erblickte einen Mann mittleren Alters mit Vollbart, der ein Riechfläschchen in der Hand hielt und ihn in einer steifen, unnatürlichen Haltung von oben betrachtete.

»Hallo«, sagte Green Talbot.

»Stillgestanden!«, befahl der Mann mit dem Vollbart, und alle Soldaten hinter ihm standen stramm.

»Salutieren!«, fügte er hinzu, und alle folgten seinem Befehl, indem sie mit einer zackigen Bewegung die rechte Hand an die Schläfe legten und wieder senkten.

»Es ist mir ein Rätsel, wie Sie sich so weit vom Festland entfernen konnten, ohne wenigstens tot zu sein, doch der Herrgott hat wohl gewollt, dass wir hier vorbeikommen.«

»Und wer sind ‚wir'?«, fragte Green und setzte sich auf.

»Wir, das Flaggschiff *Hurrikan 5* der gleichnamigen Aufklärungsflotte im Dienste der Vereinigten Staaten von Amerika.«

Green stand auf und bemühte sich um Haltung. Noch nie zuvor hatte er so viele Soldaten gesehen. Oder besser gesagt hatte er eigentlich noch nie einen gesehen, wenn man seinen Vater einmal ausnahm.

»Ich heiße Green Talbot«, sagte Green Talbot.

»Und ich bin Kapitän John Marlow«, sagte der Mann mit dem dichten Bart.

Er war das pure Gegenteil von Kapitän Petin. Kapitän Marlow strahlte von Kopf bis Fuß Disziplin aus.

»Mein Vater war auch mal Soldat«, sagte Green. »Er hat während des Krieges für England gekämpft. Er hat ein Bein verloren, aber er hat überlebt.«

»Habt ihr das gehört?«, sagte Kapitän Marlow zu seinen Männern. »Der Sohn eines tapferen Soldaten. Und sagen Sie, Green Talbot, wo ist Ihr Vater jetzt?«

Ein kaum wahrnehmbarer Schatten huschte über Greens Gesicht.

»Er ist gestorben«, sagte er.

Kapitän Marlow öffnete den Mund, um ihn nach seiner Mutter zu fragen, aber Green kam ihm zuvor.

»Meine Mutter auch. Wenige Jahre nach ihm.«

Green bemerkte, dass ihn der Kapitän noch interessierter anblickte als zuvor. Offensichtlich konnte er noch immer nicht fassen, dass ein junger Mann es geschafft hatte, eine solche Strecke im Meer zurückzulegen. Er ließ sich alles haarklein erzählen: angefangen von Greens Kindheit in Tranquillity und dem Wald, davon, wie er gelernt hatte, sich mit den Distelfinken zu unterhalten, von seiner Begegnung mit Grof dem Hund. Wie es ihn nach dem Tod seiner Eltern gedrängt hatte, das Städtchen zu verlassen, wie er Jerry Spears begegnet war und im Wirtshaus des alten Palomar Almirante gearbeitet hatte. Green erzählte auch von seiner Bekanntschaft mit Banjeseiro, dem größten Vogel der Welt, und wie ihn Kapitän Petin nach drei Vierteln der Strecke ins Meer geworfen hatte. Als er berichtete, wie er unter Wasser zu atmen gelernt hatte, ließ er das ein oder andere Detail aus, aber im Großen und Ganzen breitete er vor diesem Mann in Uniform sein ganzes bisheriges Leben aus.

»Hmm«, sagte Kapitän Marlow. »Ich glaube dir. Obwohl dieses Städtchen, von dem du da erzählt hast …« Er kraulte sich den Bart. »Noch nie von ihm gehört. Und was die Möwe betrifft, so ist sie dir bis hierher gefolgt. Dank des Radaus, den sie veranstaltet hat, haben wir dich entdeckt.«

»Und wo ist sie jetzt?«, fragte Green erleichtert.

»Unten in der Kombüse. Wir müssen uns schließlich irgendwie versorgen.«

»Nein, tun Sie das nicht!«, flehte Green ihn an. »Er ist mein einziger Freund. Ich bitte Sie!«

Kapitän Marlow verspeiste für sein Leben gern Möwen zum Abendessen. Aber er hatte auch, so hinderlich das zuweilen für einen Hochseekapitän war, eine sentimentale Ader. Und so brachte er es nicht über sich, diesem jungen Mann den einzigen Freund zu nehmen, der ihm geblieben war. Er ließ einen Schiffsjungen kommen und erteilte ihm eine Anweisung.

Der Junge lief blitzschnell in die Kombüse hinunter und sprach mit dem Smutje. Der wandte sich an seinen Gehilfen, der Banjeseiro mit seinen Pranken umklammerte.

»Du sollst ihr nicht den Hals umdrehen, sondern sie zum Kapitän bringen.«

Der Kochsmaat schnitt eine Grimasse. »Verfluchtes Vieh«, schimpfte er und stieg mit der Möwe im Arm die Treppe hinauf.

»Ich nicht gut schmecken«, krächzte Banjeseiro vollkommen erschöpft. Aber der Kochsmaat verstand ihn nicht, sondern hielt seine Worte für sinnloses Möwengekrächze.

Als Banjeseiro Green erblickte, breitete er die Flügel aus und befreite sich unversehens aus dem Griff des Küchenjungen. Er machte ein Dutzend Schritte, um die verkrampften Krallen zu dehnen, ehe er sich in die Lüfte emporschwang. Mit kräftigen Flügelschlägen entfernte er sich vom Schiffsdeck und stieg hoch hinauf, um die Meerluft zu schnuppern, ehe er im Sturzflug wieder herunterschoss und sich zu Greens Füßen niederließ.

»Banjeseiro!«

»Greenjo. Du läbst also. Ich denken, du mausetot. Du nicht mehr rühren, nicht atmen!«

»Tja, um ein Haar …«, seufzte Green.

»Um ein Haar, hmm«, echote Banjeseiro.

»Zum Donnerwetter!«, herrschte der Kapitän den Kochsmaat an. »So bring diesem Jungen, diesem armen Soldatensohn, auf der Stelle etwas zu essen!«

Die Tage auf der *Hurrikan 5* vergingen ohne große Überraschungen. Kapitän Marlow hatte es sich zur Angewohnheit gemacht, Green Talbot gegen Sonnenuntergang auf die Kommandobrücke zu bestellen, wo er sich lange mit ihm unterhielt. Man könnte sagen, dass sie im Begriff waren, Freunde zu werden.

Einmal fragte Green ihn: »Aber was machen die Soldaten, wenn es niemanden gibt, gegen den man kämpfen muss?«

»Sie warten. Derweil nehmen sie an Manövern teil, für die Zeit, wenn es wieder jemanden gibt, gegen den man kämpfen muss.«

»Und Ihnen gefällt es zu kämpfen?«

»Ich glaube schon, doch«, erwiderte der Kapitän. »Um die Wahrheit zu sagen – ich habe noch nie gekämpft. Aber es sind gewisse *Gerüchte im Umlauf.*« Den letzten Teil des Satzes sprach er im Flüsterton. »Es sind freilich nur Gerüchte. Es heißt, wir im alten Europa könnten uns demnächst auf etwas gefasst machen.«

So legt sich jeder seinen Lebenssinn zurecht, dachte Green bei sich. Und dem Kapitän hatte das Schicksal den Krieg als Sinn des Lebens zugedacht. Doch so, wie Green Europa kennengelernt hatte, konnte er sich nicht vorstellen, dass dort in absehbarer Zukunft ein Krieg bevorstand.

20

Eines Nachmittags ließ der Kapitän ihn abermals zu sich rufen, doch diesmal nicht auf die Kommandobrücke, sondern an Deck.

»Heute gegen zwei Uhr Nacht werden wir dort sein. Versuch, wach zu bleiben, dann treffen wir uns hier.«

»Und wo ist ‚dort'?«

Kapitän Marlow vollführte eine vage Geste, ohne Greens Frage zu beantworten.

Einer der großen Vorzüge Green Talbots war seine Neugierde, etwas, was dem Großteil der Erdbewohner unbekannt ist. Selbst wenn er hätte einschlafen wollen, wäre es ihm nicht gelungen. Um ein Uhr dreißig fand er sich an Deck ein. Angesichts der eisigen Luft, die ihm entgegenschlug, wäre er zwar am liebsten wieder in seine Kabine zurückgekehrt, doch er blieb oben.

Nach dem Erlebnis in der Kombüse schlief Banjeseiro immer mit einem offenen und einem geschlossenen Auge. Man konnte nie wissen, ob dort unten nicht plötzlich einer auf dumme Gedanken kam. Als er Green vorbeigehen sah, schüttelte er sich, um seine Benommenheit abzustreifen, schlug ein wenig mit den Flügeln und trippelte hinter ihm her. Er fragte ihn: »Greenjo, wohin du geh'n, wo so kalt ist, mitten in der Nacht, hmm?«

»Ach, du bist es, Banjeseiro. Kapitän Marlow hat mich herbestellt, weil er mir etwas zeigen will.«

Green war zu früh dran für seine Verabredung, doch als er zum Horizont blickte, konnte er bereits einen dunklen Umriss ausmachen, der sich kaum merklich näherte.

Kurz vor zwei Uhr entpuppte sich der dunkle Umriss als Insel.

»Gleich wirst du etwas zu sehen bekommen, was auf keiner Landkarte eingezeichnet ist«, sagte Kapitän Marlow hinter ihm.

Green machte vor Schreck einen Satz zur Seite und fragte sich, ob eigentlich alle Kapitäne die Angewohnheit hatten, so plötzlich, wie aus dem Nichts aufzutauchen.

Die *Hurrikan 5* ging in der Nähe der Insel vor Anker.

»Die meisten meiner Soldaten wissen nichts von ihrer Existenz. Auch wenn einem Dinge direkt vor der Nase liegen, kann es passieren, dass man sie übersieht.«

Die Insel war nicht besonders groß. Eine dunkle Moosschicht bedeckte sie, und hie und da wuchsen Büsche, die wie Trauerweiden aussahen. Am meisten erstaunten Green aber die zahllosen spitzen Gegenstände, die aus dem Boden ragten. Gegenstände in allen möglichen Formen. Was zum Teufel war das?

»Flaschen«, sagte Kapitän Marlow. »Das sind Flaschen.«

Green blickte den Kapitän fragend an. Auch Banjeseiro bewegte seinen kleinen Kopf ruckartig zwischen Green und dem Kapitän und diesem seltsamen Schauspiel hin und her.

»Die Insel der verloren gegangenen Flaschen«, erklärte der Kapitän. »All die Flaschen, die Schiffbrüchige oder Matrosen ins Meer werfen, nachdem sie Hilferufe oder Liebeserklärungen an die daheim gebliebenen Frauen hineingesteckt haben. Wenn sie nicht an irgendeinem Strand landen, enden sie hier.«

Green betrachtete die Insel, ohne etwas zu sagen. Banjeseiro traute seinen Augen nicht. Keine der zahlreichen Möwen, die ihm von ihren weiten Reisen berichteten, hatte je diese Insel erwähnt.

»Aber das ist noch nicht alles.« Kapitän Marlow legte zwei Finger an die Lippen und stieß einen Pfiff aus. Einen lang gezogenen Pfiff, der bis zum anderen Ende der Insel schallte, wo das Meer ihn schließlich verschluckte. Nachdem er einen weiteren Pfiff hatte vernehmen lassen, rief er: »FARINATA.« Und nochmals: »FARINATA, ich bin's, Kapitän Marlow.«

Von fern hörte man eine Antwort, die wie ein Heulen klang. Der Ton rollte quer über die Insel heran, erreichte das Schiff und setzte auf der anderen Seite seinen Weg über die Wasseroberfläche noch meilenweit fort. Dann sahen alle drei, wie zwei riesige Flügel den Himmel durchpflügten, die einen mächtigen Vogel durch die Lüfte trugen. Er war so groß, dass er einen Augenblick lang den Mond verdeckte. Schließlich ließ er sich auf dem Strand in der Nähe des Schiffs nieder.

Banjeseiro war sprachlos.

»FARINATA der Albatros«, sagte Kapitän Marlow.

Green Talbot gelang es nicht, den Blick von dem Riesenwesen abzuwenden. Im Vergleich zu diesem Vogel war Banjeseiro eine winzige Mücke.

Der Albatros verharrte reglos und ohne einen Laut von sich zu geben vor dem Schiff.

»Er ist der Hüter der Insel«, erklärte Kapitän Marlow. »Einer der wenigen verbliebenen Wanderalbatrosse, der größten Vögel der Welt. Seine Artgenossen leben normalerweise auf den weit entfernten Inseln des Pazifischen Ozeans, doch er hat sich sozusagen entschieden, sich abseits von den anderen niederzulassen.«

»FARINATA ALBATROS«, sagte der große Vogel, der unvermittelt das Wort ergriff, in einer Sprache, die der Banjeseiros nicht ganz unähnlich war, »aus der Familie der Diomedeidae und der Ordnung der Procellariiformes, um genau zu sein.«

»Verstehen Sie seine Sprache?«, fragte Green.

»Aber sicher«, sagte der Kapitän. »Es ist nicht schwer, wenn man sich ein wenig Mühe gibt. Glaubst du, du bist der Einzige, der mit seiner Möwe spricht? Auf dem Meer ist man so einsam, meine Soldaten sind ja einfache Matrosen. Den lieben langen Tag reden sie von ihren Ehefrauen und den anderen Frauen, die sie überall haben, und hin und wieder auch über unser großartiges Vaterland. Wie auch immer, wenn ich einmal im Jahr hier vorbeikomme, nehme ich mir immer die Zeit, einen dieser zahllosen Briefe der hier versammelten Flaschenpost zu lesen. Und sowohl Farinata als auch ich freuen uns auf diesen Moment wie auf keinen anderen.«

Banjeseiro hingegen hatte noch immer nichts gesagt. Er starrte unverwandt den Albatros an, der ihm bereits durch seine bloße Gegenwart das Gefühl vermittelte, klein und unbedeutend zu sein. Green Talbot las tiefe Verbitterung in seinem Blick.

»Es spielt doch keine Rolle, dass du nicht der größte Vogel der Welt bist«, sagte er zu ihm. »Für mich bist du der Größte, denn ohne dich wäre ich jetzt nicht hier.«

Banjeseiro rückte näher an Green heran, brachte aber noch immer keinen Ton heraus. Stattdessen ergriff Farinata wieder das Wort.

»MÖWEN, na klar. Sobald sie einen wahrhaft großen Vogel erblicken, verstummen sie. Bilden sich ein, die Größten der Welt zu sein, statt sich damit abzufinden, dass es irgendwo immer etwas Größeres gibt. Aber, kleiner Freund«, fuhr Farinata fort, indem er sich an Banjeseiro wandte, »eines musst du noch lernen: Die Größe liegt nicht in der Spannweite deiner Flügel.«

»Aber du sogar Mond verdecken!«, ließ sich Banjeseiro plötzlich vernehmen.

»Na und, was bedeutet es schon, wenn man für einen Augenblick den Mond verdeckt. Er bleibt trotzdem, wo er ist. Glaub mir, das Leben eines Wächters ist im Grunde nichts Besonderes. Selbst wenn seine Aufgabe darin besteht, Hilferufe oder leidenschaftliche Gefühlsergüsse zu hüten. Im Übrigen«, fuhr der Albatros fort, als drohte er sich in seinen Gedanken zu verlieren, »wenn die Schiffe sich nähern oder da sind, ist unser Verstand an Erkenntnis ganz verlegen. Und wenn andere uns nichts hinterbrächten, so wüssten wir von euren menschlichen Umständen gar nichts.«

Was dieser Albatros nicht alles wusste! Am liebsten wäre Banjeseiro zur Insel der verloren gegangenen Flaschen hinübergeflogen, um beim größten aller Vögel in die Lehre zu gehen.

Inzwischen hatte sich das Schiff wieder in Bewegung gesetzt und entfernte sich von der Insel, sodass Farinatas letzte Worte wie aus weiter Ferne an ihr Ohr drangen. Der Kapitän lüpfte zum Abschied die Mütze in seine Richtung. Der große Albatros erwiderte den Gruß, indem er mit vollendeter Eleganz die Flügel ein wenig hob und wieder senkte.

Green Talbot ging neben seinem Freund in die Hocke, um auf gleicher Höhe mit ihm zu sein, und sagte zu ihm: »Banjeseiro, tu, was du tun musst. Und wenn du es tust, dreh dich nicht mehr um.«

Jetzt ergriff auch Kapitän Marlow erneut das Wort.

»Er ist ein großer, edler Vogel, aber er ist einsam. Er könnte dir einiges beibringen, und im Gegenzug erzählst du ihm von deinen Abenteuern.«

Und so nahmen Green Talbot und Banjeseiro Abschied voneinander, während sie einen letzten flüchtigen Blick tauschten. Der einzige Freund, der Green geblieben war, breitete seine Möwenflügel aus, so weit er konnte, hob mit einem spektakulären Sprung vom Deck der *Hurrikan 5* ab und flog davon, um etwas über wahre Größe und Eleganz zu lernen.

21

Eines Morgens, etliche Tage später, erblickte Green Talbot Amerika. Eine weite Fläche Land am Rande des Meeres, dort, wo zuvor der Horizont gewesen war. Geweckt von den Matrosen, die sich an die Arbeit machten, war Green bei Sonnenaufgang aufgestanden und hatte sich an Deck begeben. Lange betrachtete er das Festland, ohne sich umzudrehen.

Es schien überhaupt nicht näher kommen zu wollen. Die Stunden vergingen, und der Landstreifen am Horizont wirkte, als würde er sich unaufhörlich nach hinten verschieben.

Gegen Abend ging er wie immer zu Kapitän Marlow.

»Du hast es also gesehen.«

»Ja.«

»Dort wirst du an Land gehen.«

»Ich weiß«, erwiderte Green Talbot.

Kapitän Marlow reichte ihm einen Umschlag. Green öffnete ihn und spähte hinein. Zuoberst lag ein kleines Heftchen.

»Es ist kein echter Pass, aber man wird ihn dafür halten, sofern du so klug bist, nur das Nötigste zu reden.«

Green wollte ihm danken, doch der Kapitän, der ihm seine Antwort bereits von den Augen ablesen konnte, kam ihm zuvor:

»Du brauchst mir nicht zu danken. Wenn du an Land gegangen bist, wirst du die Gelegenheit haben, dich zu revanchieren.«

Kapitän Marlow war nicht mehr der Jüngste. Seine Augenwinkel waren von unzähligen kleinen Fältchen umgeben. Sein Bart war schlohweiß. Doch das Bemerkenswerteste waren seine Augen. Es war, als würden sich darin unentwegt ein lebhaftes Funkeln und Momente extremer Müdigkeit abwechseln.

»Sieh mal«, sagte er zu Green, »wenn man sich einmal für das Meer entschieden hat, dann mit Haut und Haar. So war es schon immer. Vor langer Zeit war ich noch kein Seemann. Als kleiner Junge wohnte ich Hunderte von Meilen vom Meer entfernt, und ich hatte allenfalls von Reisenden davon gehört. Doch auch die, die mir davon erzählten, hatten es nie mit eigenen Augen gesehen, mein Junge. Niemand von ihnen war je in seine Fluten getaucht oder hatte auch nur seinen Geruch wahrgenommen. Von unserem Haus aus sah man nichts als Land. Land, so weit das Auge reichte. Und Menschen, die in so einer Gegend aufwachsen, haben eine Art Allergie gegen das Wasser. Doch eines Abends kamen zwei Matrosen auf Urlaub vorbei.

Das Leben macht mit einem, was es machen muss, wenn du verstehst, was ich meine. Es ist in der Lage, einen dazu zu bringen, halb Amerika zu durchqueren, bis man an einem Ort landet, den man sich nicht einmal in seinen kühnsten Träumen ausgemalt hat.

Als ich das Land für immer verließ, um zur See zu fahren, glaubte ich, dass es die richtige Entscheidung gewesen sei. Doch es gibt keine richtigen Entscheidungen, das musst du dir merken, Green. Für jede Sache, für die wir uns entscheiden, verzichten wir auf eine andere.« Er kratzte sich das Kinn und hob den Blick zum Festland. »Selbst wenn ich die Möglichkeit hätte, wieder dort zu leben, würde ich es nicht tun. Doch es gibt gewisse Dinge, die ich gern geregelt hätte.«

Green Talbot hörte ihm zu, ohne ihn zu unterbrechen. Die Stimme des Kapitäns klang tiefer als gewöhnlich, als sei es ihm wichtig, die passenden Worte zu finden.

»Ich habe es versucht, aber es ist zu spät für mich. Jetzt wirst du es für mich tun müssen. Das ist für dich die Gelegenheit, dich bei mir zu bedanken.«

»Was soll ich denn tun, Kapitän Marlow?«

»Du wirst dieses Schiff verlassen und auf einen Lastkahn umsteigen, der dich nach Ellis Island bringt. Ich habe schon alles vorbereitet. Dort musst du einem der Kontrolleure deinen Pass zeigen. Natürlich würde jeder auf Anhieb erkennen, dass er gefälscht ist. Deshalb musst du dich an einen Mann namens Louis Cateye wenden. Das wird nicht schwer sein. Er hat ein Glasauge und eine so hohe Stimme, dass einem die Ohren gellen. Wenn du ihn gefunden hast, zeigst du ihm deinen Pass, in den du zuvor fünf von den Geldscheinen geschoben hast, die in diesem Umschlag stecken. Du sagst nur Folgendes zu ihm: ‚Kapitän Marlow lässt Sie grüßen.' Nichts weiter.«

Green Talbot griff abermals in den Umschlag. Er war voller Geldscheine – eine Summe, die seine gewagtesten Vorstellungen überstieg.

»Dann verlässt du die Insel, begibst dich in die Stadt und fragst dich durch. Du erkundigst dich nach einem Geschäft, das bis vor ungefähr zehn Jahren die Zierde der Metropole war: das Juweliergeschäft Lou Saunders.«

Green versuchte zu erraten, worauf der Kapitän hinauswollte, aber er kam nicht darauf.

»Und was soll ich tun, wenn ich es gefunden habe?«

»Es kaufen, Green. Und es wiedereröffnen. Die Summe in diesem Umschlag hier müsste dafür ausreichen.«

Green verstand noch immer nicht. »Und warum ausgerechnet ich?«

»Weil dieses alte Wrack von einem Seemann nie in der Lage war, es selbst zu tun«, entgegnete Kapitän Marlow. »Im Übrigen bin ich mir sicher, dass es dir gelingen wird.«

Green Talbot hätte ihn gern um weitere Erklärungen gebeten, doch der Kapitän gab ihm durch seinen Ton unmissverständlich zu verstehen, dass er nicht die geringste Absicht hatte, dem Gesagten noch etwas hinzuzufügen. Außerdem rief er sich ins Gedächtnis, dass er ohne Kapitän Marlow längst tot auf dem Grunde des Ozeans liegen würde.

»Also gut, ich werde Ihnen Ihre Bitte erfüllen«, versprach er.

Am folgenden Morgen legte ein kleines Frachtboot an der *Hurrikan 5* an. Ein paar der Soldaten halfen Green, in das Boot zu steigen.

Ehe er von Bord ging, blickte er sich ein letztes Mal zum Kapitän um und fragte: »Aber wie kommt es, dass Sie schließlich Kapitän eines Kriegsschiffs wurden?«

»Wegen einer Frau«, antwortete Kapitän Marlow.

22

»Es ist der schönste Flecken Erde, wenn man noch keinen anderen gesehen hat.«

So hatte ihm sein Vater Amerika beschrieben. Damals war Green Talbot noch keine fünf Jahre alt gewesen.

Auch im Wirtshaus von Palomar Almirante hatte er zwei Gäste flüchtig davon reden hören.

»Ein Land voll armer Teufel, die sich ihr Leben lang dafür abstrampeln, weniger arm zu sein.«

»Ja, ja«, hatte der andere erwidert.

»Aber wenn man noch nicht dort war, ist es, als wäre man noch nirgends gewesen.«

Green hatte gelernt, nicht allzu viel auf derlei Gerede zu geben. Die Menschen hatten die Angewohnheit, über alles zu reden, und sie redeten über alles schlecht. So war das einfach abends, im Wirtshaus.

Nachdem er an Land gegangen und durch beharrliches Schweigen allen Fangfragen des halbblinden Kontrolleurs Louis Cateye erfolgreich ausgewichen war, verließ er, den Umschlag mit dem Pass und den

Geldscheinen von Kapitän Marlow sicher umfasst, die kleine Insel und machte sich auf die Suche nach dem Juweliergeschäft Lou Saunders, fest entschlossen, sein Versprechen zu halten.

Es zu finden bereitete ihm keine Mühe. Gleich, wen er danach fragte, jeder sagte mit einem wehmütigen Seufzer: »Dort« – und wies mit dem Finger auf einen unbestimmten Punkt irgendwo jenseits der Reihen von Wolkenkratzern. Man sagte ihm, dass Lou Saunders bis vor wenigen Jahren eines der angesehensten Juweliergeschäfte dieser großen Stadt gewesen sei. Eines Abends sei der alte Lou dann überraschend gestorben. Wie immer seit dem Ableben seiner Frau hatte er allein zu Abend gegessen. Dann hatte er die Streu im Katzenklo von Victory, seiner Katze, gewechselt und den Kanarienvogel Bijou gefüttert. Schließlich hatte er sich in seinen Sessel vor dem Fenster gesetzt, wo ihn zwei Tage später seine Verkäuferin fand, die sich Sorgen um den Ladeninhaber gemacht hatte.

»Das Schlimmste, was einem Menschen passieren kann, ist, im Krankenhaus zu sterben. Und dem Schicksal ist er entronnen«, erklärte Green jedem, der sich allzu bestürzt über den Tod des armen Lou zeigte.

Als er vor dem Geschäft stand, wurde ihm sofort klar, warum es bislang niemand erworben und wiedereröffnet hatte. Die Schaufenster waren zersprungen, und von der großen Eingangstür waren nur noch die vier Angeln übrig. Ein seltsamer Geruch drang aus dem Innern des Ladens heraus. Der Geruch nach vergessenen Dingen, dachte Green. Über der Tür hing ein Holzschild, dessen Farbe fast vollständig abgeblättert war und auf dem in roten Lettern stand:

JUWELIER LOU SAUN RS
Inhaber: Lou Sa nders

Darunter befand sich ein handgeschriebenes Schild mit der Adresse der Immobilienmakler Gebrüder Smith.

Greens große Schwäche war, offen gesagt, seine Neugierde. Er beschloss, einen Blick in den Laden zu werfen, ehe er zu dem Immobilienbüro gehen und den Umschlag mit den Geldscheinen auf den Tisch leeren würde.

Die Einrichtung bestand nur aus wenigen Möbeln. Zwei zerschlissene Sofas, ein Stuhl ohne Beine und eine imposante Theke, hinter der der alte Lou wahrscheinlich den Großteil seines Lebens verbracht hatte, um Juwelen zu verkaufen. Dahinter befand sich eine halb offene Tür aus Nussbaum. Und hinter dieser Tür, erhellt von dem durch den Türspalt einfallenden Licht, ein riesiger leerer Raum, vermutlich das Lager.

Green Talbot überlegte, welch immense Mühe es ihn kosten würde, diesen Laden wieder instand zu setzen, und dass Kapitän Marlow bei diesem Anblick vermutlich der Schlag getroffen hätte. Im selben Moment hörte er aus dem hinteren Teil des Raumes eine Art Nuscheln.

»Vrknlte, vrrkte, vrdrte Wlt.«

Allmählich gewöhnten sich seine Augen an die Dunkelheit. Er machte eine Gestalt aus, die einem Kartoffelsack ähnelte.

»Verknlte, verrckte, verdrhte Wlt.«

Die Gestalt, die zunächst wie ein Kartoffelsack ausgesehen hatte, erhob sich und stürzte sich bereits wenige Sekundenbruchteile später auf ihn. Sie packte ihn an der Kehle, drückte zu, und ihre langen Klauen legten sich wie die Gitterstäbe eines Käfigs um seinen Hals. Ihr Druck verstärkte sich noch, sie verzog den Mund zu einem breiten Grinsen, bei dem sie eine Reihe verfaulter Zähne entblößte, und sagte, begleitet von einem pestilenzialischen Atem: »VERKNÄULTE, VERRÜCKTE, VERDREHTE WELT!«

Green Talbot war starr vor Schreck. Er hatte das Gefühl zu ersticken. Dann erinnerte er sich an die Worte, die Palomar Almirante ihm bei seinem Weggang aus dem Wirtshaus mit auf den Weg gegeben hatte, wand sich mit aller Kraft aus der Umklammerung und lief mit seinen zwei Beinen so schnell, als wären es acht, aus dem Raum, sprang über die Ladentheke, stürmte durch die Türöffnung hinaus, hörte ein letztes Mal diese Spukgestalt ihren Spruch aufsagen: »Verknäulte, verrückte, verdrehte Welt!«, und rannte, ohne einen weiteren Gedanken zu fassen, kopflos davon. Er bog in eine Straße ein, dann in eine andere und wieder eine andere, stieß bei seiner Flucht beinahe mit einer alten Frau mit Einkaufstüte zusammen, konnte ihr aber gerade noch mit einem Satz ausweichen, um dann mit einem riesigen Mann mit Melone auf dem Kopf zusammenzuprallen, sodass sich beide auf dem Pflaster wiederfanden.

Der Hüne hob die Melone auf, setzte sie sich auf den Kopf und rappelte sich hoch.

»Was ist denn in Sie gefahren, junger Mann? Man könnte ja meinen, der Teufel persönlich sei hinter Ihnen her.«

Der Teufel. Green fühlte sich wie betäubt.

»Junger Mann, hören Sie mich? Sie haben mich gerade umgerannt und meinen Anzug ruiniert, ist Ihnen das klar?«

»Entschuldigen Sie bitte«, stammelte Green.

Der Hüne mit der Melone auf dem Kopf schien nicht im Geringsten erschüttert.

»Kann ich Ihnen irgendwie behilflich sein?«, fragte er.

»Ich heiße Green Talbot«, sagte Green Talbot. »Ich bin erst seit kurzem in Amerika und suche jemanden.«

»Cornelio Smith. Sehr erfreut, Sie kennenzulernen«, erwiderte der Hüne mit Melone mit einem leicht ironischen Grinsen.

»Smith vom Maklerbüro Gebrüder Smith?«

»Der bin ich.«

»So ein Zufall, Sie habe ich gesucht«, sagte Green.

Und dachte, wie sonderbar doch die Welt zuweilen war.

23

»Diese Summe reicht nicht aus, bedaure«, erklärte Cornelio Smith.

»Reicht nicht aus, bedaure«, bestätigte sein Bruder Aurelio Smith.

Die Brüder Smith waren vollkommen identisch. Nicht nur äußerlich, sondern auch von der Kleidung und ihren Bewegungen her. Nur dass der eine redete und der andere ihm beipflichtete. Einer stand etwas weiter vorn, der andere etwas weiter hinten.

»Wir sind Zwillinge. Und gleichen uns wie ein Ei dem anderen.«

»Wie ein Ei dem anderen.«

Und nun eröffneten diese vollkommen identischen Zwillinge ihm, einvernehmlich, dass er nicht genügend Geld besitze, um diese heruntergekommene Ruine von einem Laden zu kaufen.

»Wie bitte, die Summe reicht nicht? Kapitän Marlow hat mir gesagt, dass sie mehr als ausreichend sei.«

»Kapitän Marlow hat so seine eigene Sicht der Dinge …«

»Seine eigene.«

»… er mag der Meinung sein, dass das Juweliergeschäft Lou Saunders im Laufe der Zeit an Wert verliert …«

»… an Wert verliert.«

»Aber schauen Sie, Mr Talbot, genau in diesem Punkt irrt er sich gewaltig. Das Juweliergeschäft Lou Saunders verliert nicht nur nicht an Wert, sondern sein Wert verdreifacht sich von Jahr zu Jahr.«

»Verdreifacht sich. Von Jahr zu Jahr.«

Green Talbot konnte nicht ahnen, dass sich die meisten Immobilienagenturen in New York in Händen der Gebrüder Smith befanden. Abgesehen von den Hunderten Gebäuden und Grundstücken, die sie besaßen, verfügten sie auch über hervorragende Beziehungen zu Politik- und Wirtschaftskreisen des Landes. Was zweierlei bedeutete. Erstens diktierten sie die Immobilienpreise, und zwar vollkommen willkürlich. Zweitens waren sie abartig reich.

Wie auch immer, trotz des Ansehens, das das Juweliergeschäft Lou Saunders einmal genossen hatte, hatte es bisher niemand zu dem irrwitzigen Preis erwerben wollen, den sie verlangten. Dabei hatte Kapitän Marlow in den letzten Jahren immer wieder Telegramme geschickt, mit immer höheren Kaufangeboten. Doch all seine Bemühungen waren fehlgeschlagen. Wahrscheinlich hoffte er nun, dass dieser junge Mann mehr Glück hatte. Wenn es seinem Schützling dann auch noch gelänge, dem Geschäft zu neuer Blüte zu verhelfen, hätte er zwei Fliegen mit einer Klappe geschlagen. Dieser Mann war schließlich mit allen Wassern gewaschen.

»Hören Sie«, sagte Cornelio Smith. »Es gäbe da eine Lösung …«

»… eine Lösung.«

»Ich habe Freunde, die Ihnen die fehlende Summe leihen könnten, falls Sie bereit wären, noch ein kleineres Sümmchen draufzulegen.«

»Zinsen«, setzte Aurelio Smith hinzu.

Er zog ein kleines Heft und einen Kugelschreiber aus der Brusttasche und begann zu rechnen.

Green Talbot überlegte, dass die ihm fehlende Summe so hoch nun auch wieder nicht war. In spätestens zwei Jahren sollte es ihm eigentlich gelingen, seine Schulden zurückzuzahlen.

Aurelio Smith steckte den Kugelschreiber wieder ein und hielt seinem Zwillingsbruder die aufgeschlagene Seite hin.

Cornelio Smith betrachtete die Ziffern, machte »Mhm« und zeigte sie dann Green Talbot. »Sehen Sie, diese Summe müssten Sie meinen Freunden erstatten …«

»… *unseren* Freunden.«

»… unseren Freunden. Aber Sie können sich dafür auch drei Jahre Zeit lassen. Es eilt ja nicht …«

»… *höchstens* drei Jahre.«

»Ich muss Sie darauf hinweisen, dass mit diesen Freunden nicht zu spaßen ist. Ich wage mir nicht auszumalen, was passieren könnte, sollten Sie mit der Rückzahlung auch nur einen Tag in Verzug sein.«

»Nur einen Tag, und *adieu, schöne Welt!*«

Als Green Talbot die Summe sah, war er wie vom Donner gerührt.

»Das ist drei Mal so viel wie die Summe, die mir fehlt. Damit könnte ich das Juweliergeschäft Lou Saunders zwei Mal kaufen!« »*Beinahe* zwei Mal«, präzisierte Cornelio Smith.

»*Beinahe*«, echote Aurelio.

Doch Green Talbot war fest entschlossen, sein Versprechen gegenüber Kapitän Marlow zu halten – das er in gewisser Weise auch sich selbst gegeben hatte.

»Ich werde es Ihren Freunden in spätestens zwei Jahren zurückzahlen«, erklärte er selbstbewusst.

Cornelio Smith sah Aurelio Smith an. Aurelio Smith sah Cornelio Smith an. Noch nie zuvor hatte jemand angeboten, früher als nötig zu bezahlen. Und noch dazu mit solcher Entschiedenheit! Ihre halb geschlossenen Augen, die Augen von Immobilienmaklern, die nichts anderes gewohnt waren, als den An- und Verkauf von Immobilien und andere mehr oder wenige ehrliche Geschäfte abzuwickeln, wurden leicht feucht – eine völlig neue Erfahrung für sie.

Green Talbot war reichlich verdattert und fragte sich, was die beiden wohl so zu Tränen rühren mochte.

Doch es dauerte nicht lang, und Aurelio Smith, der sich der peinlichen Situation bewusst geworden war, zog ein seidenes Schnäuztuch aus seiner Brusttasche, trocknete sich zuerst das eine und dann das andere Auge, ehe er das Tuch an seinen Bruder Cornelio weiterreichte.

»Einen Vertrag. Wir müssen einen Vertrag aufsetzen«, sagte Cornelio dann.

»Einen Vertrag, gewiss.«

»Aurelio, kümmerst du dich darum?«

»Sicher, ich kümmere mich darum.«

»Und nun zu Ihnen«, sagte Cornelio Smith, indem er sich händereibend an Green Talbot wandte. »Sind Sie zufrieden mit Ihrem Kauf? Gibt es noch etwas, was Sie wissen wollen?«

»Ja, eine Frage hätte ich noch«, erwiderte Green, der noch lebhaft die Klauen dieser Hexe vor Augen hatte, die sich ihm um den Hals gelegt hatten.

»Jaaaa?«

»Bevor ich mit Ihnen zusammengestoßen bin, na ja, da war ich im Juweliergeschäft. Das heißt, ich habe es nur betreten, um einen Blick hineinzuwerfen.«

Green Talbot erzählte Cornelio Smith in allen Einzelheiten von seiner Begegnung im Laden. Er erzählte von dem Kartoffelsack, der aus dem hinteren Teil des Lagerraums auf ihn zugeschossen gekommen war, und von den Klauen, die sich um seinen Hals gelegt hatten.

»Nun ja«, sagte Cornelio Smith mit einem Blick zu seinem Bruder, der soeben den Vertrag zu Ende geschrieben hatte und ihm das Blatt reichte. »Wenn Sie so freundlich wären, hier zu unterschreiben, dann werden wir gleich eine Lösung für Ihr *Problemchen* finden.«

Green Talbot, froh, dass die beiden Brüder sich so für ihn einsetzten, unterschrieb.

»Hahaha«, machte Cornelio Smith, kaum dass er unterzeichnet hatte. »Tut mir leid, Mr Talbot, aber wir haben nicht die leiseste Ahnung, wie wir diese Hexe vertreiben könnten …«

»Hexe, huuh.«

»Aber Sie haben doch gerade gesagt …«

»Wir *haben* gesagt. *Haben* gesagt. Was sagt man nicht alles, Mr Talbot. Es gibt nur einen Grund, warum man so viele Dinge sagt …«

»So dahergesagt.«

»… Dem *Geschäft* zuliebe, Mr Talbot. Dem *Geschäft* zuliebe …«

»Wie naiv er ist!«

»… und nun gehen Sie, das Juweliergeschäft Lou Saunders gehört Ihnen. Mit allem, was sich … ähm … darin befindet.«

Cornelio Smith legte Green eine Hand auf die Schulter und schob ihn aus der Agentur hinaus.

Als sich Green wieder auf dem Gehsteig befand, hörte er, wie hinter ihm die Tür dumpf ins Schloss fiel, dann ein Schlüsselrasseln und das Herumdrehen eines Schlüssels im Schloss. Und so fand er sich allein auf einer staubigen Straße wieder, mit einem Kaufvertrag in der Hand für einen Laden, in dem eine vom Wahnsinn besessene Hexe auf ihn wartete. Weil er sich keinen anderen Rat wusste, machte er sich erneut auf den Weg zu dem Juweliergeschäft Lou Saunders, entschlossen, mit ihr zu reden.

24

Er blieb ein paar Sekunden lang stehen, um das Schild nochmals zu lesen.

JUWELIER LOU SAUN RS
Inhaber: Lou Sa nders

Dann trat er ein, nicht ohne vorher tief Luft zu holen, um sich Mut zu machen. Schließlich hatte er ja zuverlässige Beine, von denen er notfalls Gebrauch machen würde, wie bereits wenige Stunden zuvor.

Als er vor der Tür zum Lagerraum stand, zögerte er und starrte sie ein paar Sekunden lang an. Dann legte er langsam die Hand auf den Griff. Und öffnete die Tür.

Er ließ den Blick durch den schattigen Raum gleiten, um zu sehen, ob die Hexe noch da war, sah aber niemanden.

Im nächsten Moment packten ihn von hinten zwei Hände, die so fest zudrückten, dass er beinahe das Bewusstsein verlor.

»Du hast wohl geglaubt, mich reinlegen zu können, du dummer Junge, hä?«

Green wollte etwas erwidern, bekam jedoch keine Luft mehr.

»Ich werd dir den Hals umdrehen, du Dreckskerl!«

Er hörte, wie sie mit der Zunge schnalzte, und nahm wieder diesen übelriechenden Atem wahr. Er versuchte sie dazu zu bringen, ihren Griff zu lockern, aber ihre Hände umklammerten seinen Hals wie ein Schraubstock.

Was ihn trotz seiner Todesangst am meisten erstaunte, waren ebendiese Hände.

»Dein… H…nde«, versuchte er zu sagen.

Er nahm seine letzten Kräfte zusammen, und siehe da, aus seinen zwei Händen wurden vier, und es gelang ihm, sich ein Stück weit aus ihrer Umklammerung zu befreien.

Ein winziger Lufthauch schaffte es bis in seine Lungen.

»Deine … Haut … ist … so …«, sagte er. »Weich.«

Die Hexe zuckte zusammen und lockerte ihren Griff noch ein bisschen mehr.

Zumindest so weit, dass er sich umdrehen konnte. Er holte tief Luft, ließ den Blick an den Armen dieser Hexe bis zu den gekräuselten Haaren hochwandern, die fast ihr ganzes Gesicht bedeckten. Dann sah er sie an, ohne jedoch ihre Augen erkennen zu können.

»Ich heiße Green«, sagte er. »Green Talbot. Und ich habe gerade diesen Laden gekauft.«

Eine Zeit lang sahen sie sich an, als wollten sie jede Einzelheit des anderen in Augenschein nehmen. Sie ergriff als Erste wieder das Wort.

»Du bist also einer von denen? Es waren schon einige hier … Lauf, Junge, mach, dass du von hier wegkommst, du bist noch zu jung, um diese Welt zu verlassen!«

»Ich kann nicht«, sagte Green. »Ich habe mein ganzes Geld für diesen Laden ausgegeben und mir obendrein das Zweifache dieser Summe geliehen.«

Die Frau neigte kaum merklich den Kopf zur einen, dann zur anderen Seite. Als wollte sie herausfinden, wer dieser Wahnsinnige war.

»Ich muss das Geschäft renovieren und wiedereröffnen. Das habe ich jemandem versprochen. Er hat mir das Leben gerettet, und seinetwegen bin ich jetzt hier. Er ist Kapitän auf einem großen Kriegsschiff.«

Die Frau machte ein paar Schritte zurück.

»Und wie heißt er, dieser Mann?«

»Kapitän Marlow. John Marlow. Er hat mir alles Geld gegeben, das er besaß.«

Vom Eingang wehte ein Windstoß herein und fuhr in das Haar der Frau.

»Und wie heißt du?«, fragte Green.

»Evelyn.«

Der seltsame Wind wirbelte ihre Haare auf, Tausende heller Fäden, die in der Luft schwebten, und Green konnte endlich für wenige Sekunden ihre Augen erkennen. Sie waren grünlichblau wie Wasser und gewiss nicht die Augen einer Hexe.

»Evelyn«, sagte Green. »Du kannst gerne hierbleiben. Du könntest mir helfen, wenn du willst.«

Der Wind legte sich wieder, und ihre Haare verhüllten erneut ihr Gesicht.

»Das Meer, Green Talbot, das Meer hat dich also hergebracht.«

Ihr Blick durchdrang die Fülle ihrer hellen Haare, die sich noch immer im Luftzug bewegten, und zum ersten Mal, seit sie sich begegnet waren, benutzte Evelyn ihre Hände auf grazile Weise, um die Stirn dieses Jungen zu berühren. Mit zwei Fingern fuhr sie über seinen Nasenrücken und die Wange. Green schloss die Augen, um dem Geräusch zu lauschen, das Haut auf Haut erzeugt, und wurde sich bewusst, dass er es noch nie zuvor wahrgenommen hatte.

25

Es war keine leichte Aufgabe, den Laden wiederherzurichten. Green und Evelyn arbeiteten Tag und Nacht Seite an Seite. Sie vergaßen sogar zu schlafen und zu essen.

Green gelang es, mit einem Möbelhändler einen Kredit auszuhandeln, den er ein paar Monate darauf zurückzahlen musste. Dem Gebrauchtmöbelhändler wiederum gelang es, einen Kredit mit einem Glaser auszuhandeln, der ein paar Monate darauf zurückzuzahlen war. Diese Reihe setzte sich fort über den Schreiner, den Tapezierer und den Klempner bis zum Elektriker. Green Talbot hatte ihnen für die nächsten zehn Jahre eine Provision an den Einnahmen des Juweliergeschäfts Lou Saunders in Aussicht gestellt. Nach dem Zusammenbruch der Banken und dem Börsenkrach, die die Metropole wenige Jahre zuvor in ihren Grundfesten erschüttert hatten, begannen die Handwerker endlich wieder, an etwas zu glauben.

Als die Schaufenster so weit fertig waren, dass man sie wieder mit Juwelen hätte bestücken können, beschloss Green, dass er sein Glück nicht mit Goldschmuck versuchen wollte. Eines Tages sagte er zu Evelyn: »Ich hab's: Porzellan.«

Das Jahr 1939 neigte sich seinem Ende zu. Aus Europa drangen Gerüchte über einen neuen Krieg herüber, der vor der Tür stand und sich in Windeseile auszubreiten drohte. Ein deutscher Politiker österreichischer Herkunft und ehemaliger Maler glaubte sein Land allen anderen Ländern überlegen und hatte seine Armee in alle Himmelsrichtungen ausgesandt.

Eines Abends nach Geschäftsschluss saß Evelyn in einem Sessel, während Green ihr mit einer funkelnagelneuen Schere einen guten halben Meter ihrer Haare abschnitt.

»Die Männer spielen hin und wieder verrückt«, bemerkte Evelyn und dachte wieder an diese Geschichte mit dem ehemaligen österreichischen Maler.

»Nicht nur die Männer, auch die Frauen«, erwiderte Green und ließ ansehnliche Haarbüschel zu Boden fallen.

Als er fertig war, war Evelyn nicht wiederzuerkennen. Ihr Gesicht war plötzlich von einer verhaltenen Schönheit. Wenn sie nur den Mund zuließ, um ihre verfaulten Zähne zu verbergen, würden die Verehrer Schlange stehen, dachte Green.

»Wenn du nicht lachst, bist du wunderschön«, sagte er ihr immer wieder.

Und jedes Mal, wenn sie ihn so reden hörte, konnte sich Evelyn ein Lächeln nicht verkneifen.

Im Laufe des folgenden Jahres wurde Lou Saunders wieder zu einem der von den gehobenen Kreisen meistbesuchten Geschäfte. Am gefragtesten waren die Porzellanservices aus China und indische Statuen, die irgendwelche in Amerika unbekannten Persönlichkeiten darstellten. Ja, sogar die Brüder Smith orderten für die Ausstattung neuer, luxuriöser Hochhäuser ganze Wagenladungen Fliesen aus Modena.

Die Geschäfte liefen bestens. Wie vereinbart, schüttete Green Talbot Monat für Monat eine Gewinnbeteiligung an den Gebrauchtmöbelhändler, den Glaser, den Schreiner, den Tapezierer, den Klempner und den Elektriker aus. Zu den besten Kunden zählten der Anwalt Steve Burrey, der Zahnarzt Malcolm Agleilaki und der Bankier Aldhelm Fritz. Wobei man sagen muss, dass sich diese drei mehr für Evelyn interessierten als für das Porzellan. Im Laufe der Monate hatte sie sich in eine elegante Erscheinung verwandelt. Und obschon eine erwachsene Frau, besaß sie noch immer die Haut eines jungen Mädchens.

Binnen zwei Jahren gelang es Green Talbot den Wucherern seine Schulden zurückzuzahlen, was ihm endgültig die Bewunderung der Brüder Smith eintrug, die von einem Monat auf den anderen die Bestellung von italienischen Fliesen verdoppelten. Mehrmals schickte Green Talbot ein Telegramm an Kapitän Marlow, um ihn über die neuesten Entwicklungen zu informieren, ohne je eine Antwort zu erhalten.

Auch sonst kamen die beiden gut zurecht. Green und Evelyn hatten einen Teil des Lagerraums in eine kleine Wohnung, bestehend aus einem Zimmer, einem Bad und einer Küche, verwandelt. Vor dem Schlafengehen plauderten sie bei einer Tasse grünen Tees über die unterschiedlichsten Themen, ehe sie todmüde in ihre Betten sanken und sofort einschliefen. Eines Abends vertraute Evelyn ihm an, warum sie zwei Jahre zuvor nicht dem Impuls nachgegeben hatte, ihn zu erwürgen.

»Der Mann, der dir das Leben gerettet hat, hat mir meines genommen.«

Green wunderte sich, was Kapitän Marlow Furchtbares getan haben mochte.

Und sie erzählte es ihm.

26

Bevor John Marlow Kapitän auf dem Flaggschiff der *Hurrikan*-Flotte wurde und für immer dem Ruf des Meeres folgte, war er ein auf dem Festland verwurzelter junger Mann. Er wurde in einem gottverlassenen Nest in einer Gegend geboren, in der die karge Vegetation reichlich Platz für nacktes, ödes Land ließ, das sich meilenweit bis zu den Hügeln in der Ferne erstreckte.

Er liebte den Boden seiner Heimat und hatte es sich zur Aufgabe gemacht, ihn zu bestellen. Er verwandelte ein Stück Land in Ackerboden und errichtete mittendrin ein Haus.

Sein Dorf war das einzige im Umkreis von Hunderten von Meilen, und so geschah es nicht selten, dass es von Reisenden aufgesucht wurde, die dort ein paar Tage Station machten, um den Pferden Rast zu gönnen und sich mit Futter und Proviant einzudecken.

Diese Reisenden brachten Geschichten aus fernen Ländern mit. Abends im Saloon lauschte John Marlow neugierig ihren Erzählungen, die sie in der Pause zwischen zwei Kartenspielen zum Besten gaben. Besonders ein Gespräch zwischen zwei Matrosen erregte seine Aufmerksamkeit. Es drehte sich um die Frage, wie groß das Meer sei.

Mit seinen gerade mal sechzehn Jahren war für John die Erde nichts weiter als eine öde, trostlose Weite. Er hatte schon viel davon reden hören, vom Meer. Doch die Menschen sprachen davon, als handelte es sich um etwas weit Entferntes, von dem man nicht einmal sicher sein konnte, dass es überhaupt existierte.

»Für mich ist es größer als das gesamte Festland dieser Erde«, erklärte einer der Matrosen und kippte ein Glas Rum hinunter.

»Ach woher!«, sagte der andere. »Ich bin genau wie du Matrose, und lass dir eins gesagt sein: Wenn es mehr Wasser als Land gäbe, säßen wir ganz schön in der Patsche!«

John Marlow fragte, ob er sich zu ihnen an den Tisch setzen dürfe, und bestellte eine Runde. Er bat sie, vom Meer und ihrer Arbeit als Matrosen zu erzählen. Während sie sich bis spät in die Nacht hinein unterhielten, gab er eine Runde nach der anderen aus. Je mehr Rum durch ihre Kehlen hinunterfloss, umso fantastischer und abenteuerlicher wurden ihre Geschichten, und in John Marlows Vorstellung verwandelte sich die Figur des Matrosen in eine mystische Heldengestalt.

Keine Woche später – er hatte gerade einen kleinen Schuppen für die Hufschmiedewerkzeuge gebaut –, schloss er sich einer Reisegesellschaft an, die in Richtung Osten unterwegs war.

Als er das Meer zum ersten Mal sah, wusste er auf Anhieb, dass sich der Rest seines Lebens nicht auf dem Festland, sondern auf dem Wasser abspielen würde.

27

»Wer ihn nicht gut kennt, könnte meinen, er habe den Großteil seines Lebens auf dem Schiff verbracht und sei höchstens für wenige Stunden von Bord gegangen, beim Löschen von Waren zum Beispiel«, erzählte Evelyn. »Aber so war es nicht. Einmal, ein einziges Mal war er drauf und dran, dem Meer den Rücken zu kehren. Zwei Jahre, bevor er zum Offizier befördert wurde. Er beaufsichtigte das Entladen einiger aus Europa eingetroffener Kisten. Während er so dastand, fragte er sich, was sie wohl enthielten, da die Beschriftung bis auf die Adresse keine weiteren Informationen enthielt. ‚Socken', hörte er jemanden sagen. Hinter ihm stand eine zierliche junge Frau. ‚Es sind Socken', sagte sie. ‚Aus Filo di Scozia, doppelt merzerisierter Baumwolle. Für mein Geschäft.' Sie hieß Cybil, und ihr gehörte der Kurzwarenladen im Hafen. Sie lud ihn ein, dem Laden einen Besuch abzustatten und ein Paar zu probieren. Und so fing es an.«

Evelyn sprach mit mühsam beherrschter Stimme, merklich auf einen ruhigen Ton bedacht. Sie blickte zu Boden, als erzählte sie ihre Geschichte sich selbst und nicht jemand anderem.

»Die beiden verliebten sich ineinander, und sie überredete ihn zu bleiben. Nach einem Jahr wurde sie schwanger. Sie sagte sich, je runder ihr Bauch würde, umso mehr würde der Seemann Marlow das Meer und die Schiffe vergessen. Er liebte diese Frau mehr als alles andere. Doch wenige Tage, nachdem seine Tochter geboren war, entriss ihm das Schicksal deren Mutter. Eine Infektion, lautete die Diagnose der Ärzte. Marlow verwand den Schicksalsschlag nicht. Er aß nicht mehr, ließ sich einen Bart wachsen. Drei Monate später brachte ihm ein Bote des Hafenamts einen Brief. Die Marine der Vereinigten Staaten hatte seinem Gesuch stattgegeben. Es hieß, er habe an der Tinte geschnuppert und das Meer gerochen.

Er schiffte sich mit seiner Tochter ein. Als sie wieder im Hafen von New York einliefen, ging er abermals von Bord, zum letzten Mal, wenn man von kurzen Aufenthalten im Hafen absieht. Er fuhr zu einem Nonnenkloster, wo ihm die alte, verschrumpelte Oberin Faith öffnete. Zusammen mit dem kleinen Bündel überreichte er ihr seine gesamten Ersparnisse. ‚Kümmert euch um sie', sagte er. ‚Ich werde so bald wie möglich wieder zurückkehren.'«

»Aber er kehrte nicht zurück«, sagte Green.

»Nein, und ich habe all die Jahre gewartet, dass er mich holen kommt. In diesem Kloster war es zum Verrücktwerden. Nichts als Beten und Wachen, Beten und Wachen. Als ich zwanzig war, legten sie mir nahe, den

Schleier zu nehmen, wenn ich bleiben wolle, und ich nahm ihn. Vielleicht, so hoffte ich insgeheim, würden die Gebete einer Nonne ja erhört werden. Ich betete und betete. Zuerst betete ich zu Gott, doch der schien keine Lust zu haben, mir zu antworten. Also begann ich, alles Mögliche anzuflehen, was mir gerade in die Augen sprang. Ich betete zu den Kirchenbänken, den Deckenlampen, dem Papagei der Mutter Oberin. Ich betete zu den Mauern und dem Innenhof. So vergingen weitere zehn Jahre. Als mir klar wurde, dass keines meiner Gebete je erhört würde, begann ich alle und alles zu verfluchen. Die Kirchenbänke, die Deckenlampen, den Papagei der Mutter Oberin, das Kloster samt seinen Mauern, dem Innenhof und seinen Nonnen. Wenige Tage später erlag die Mutter Oberin einem schlimmen Fieber, und der Papagei krepierte noch in derselben Nacht. Ich riss mir den Schleier herunter und verschwand. Ich hatte weder Arbeit noch einen Penny in der Tasche.

Der alte Lou Saunders war meine Rettung. Seine Frau war einige Jahre zuvor gestorben, und da er keine Kinder hatte, nahm er mich bei sich auf. ‚Dies ist der richtige Moment, um neu anzufangen', sagte er. Es waren schöne Jahre. Bis er eines Nachts im Sessel vor dem Fenster starb, und die Brüder Smith, diese beiden Aasgeier, sich den Laden unter den Nagel rissen.«

Damit endete ihre Geschichte, und Green streichelte ihr zärtlich übers Haar.

Und sie hörten auf zu reden.

28

Die nächsten vier Jahre vergingen wie im Flug an diesem Ort, der sich ständig veränderte.

Die Zeitungen waren voller Nachrichten über den schrecklichen Krieg, der Europa und die ganze Welt verwüstete. 1941 hatten die Japaner die amerikanische Militärbasis Pearl Harbour auf Hawaii zerstört, woraufhin die Vereinigten Staaten von Amerika ebenfalls in den Krieg eingetreten waren.

Trotz allem verlief das Leben in diesem Teil der Welt noch immer in gewohnten Bahnen.

Doch im Laufe der Zeit verstärkte sich Green Talbots Heimweh nach seinem guten alten England.

Die Gelegenheit, es wiederzusehen, bot sich ihm am 10. Januar 1944 in Form eines Telegramms.

Darin stand: *In zwei Tagen brechen wir nach Europa auf. Die Vereinigten Staaten brauchen auch deine Hilfe. Kapitän John Marlow.*

Als er Evelyn das Telegramm zeigte, sagte sie nichts. Stattdessen drückte sie ihn an sich wie eine Mutter ihren Sohn.

»Ich muss gehen«, sagte Green.

»Ich weiß.«

Eine Weile standen sie sich gegenüber. Dann gingen sie aufeinander zu, und ihre Lippen streiften sich wie zu einem letzten, langen Gruß.

Evelyn berührte seine Jacke, strich mit beiden Händen über den Saum. Sie lauschte dem Geräusch, das ihre Haut auf der groben Baumwolle erzeugte und das sich wie das Säuseln des Windes anhörte. Dann berührte sie die Seide seines weißen Hemdes, das sie langsam aus seiner Hose zog. Schließlich legte sie ihre vollen Lippen einer reifen Frau auf den flachen Jungenbauch. Sie spürte, wie sich sein Leib unter ihrer Berührung kaum merklich wölbte. Es waren nur Lippen, nichts weiter. Lippen, die einfach nur reglos dort verharrten, um den Duft dieses Jungen zu kosten, der nach allem schmeckte, diesem kleinen Reich hier, den Schritten der Menschen draußen auf der Straße, dem ganzen Leben.

Green fragte sich, was das für ein Aufruhr in seinem Innern war. Fragte sich, warum er am liebsten geflohen wäre und trotzdem blieb. Er spürte, wie sein Hemd aufgeknöpft wurde, wie der Stoff, der seine Beine umhüllte, bis zu den Knien hinabglitt. Auch Evelyns Lippen wanderten unaufhaltsam abwärts, diese Lippen, über die kaum ein Atemzug herauszudringen schien.

In diesem Moment öffneten beide die Augen und betrachteten einander eine ganze Weile, schweigend. Green spürte, wie ihm die Hitze in den Kopf stieg –

hätte er das Gefühl beschreiben müssen, so hätte er es als eine Art inneren Frieden bezeichnet. Evelyn sah ihn unverwandt an, wie man einen Liebhaber oder ein Kind ansieht. Sie öffnete die Lippen, nur einen Spalt breit, und nahm ihn in den Mund. Green schloss die Augen. Unwillkürlich legte er ihr die Hände auf die Haare, die Seidenhaare, ja es waren Haare aus Seide, die man für immer berühren wollte. Er sah Hunderte von Bäumen und Möwen und Matrosen, nahm das Meer wahr, das irgendwo in der Nähe sein musste, und wurde schließlich selbst zum Meer. Evelyns Lippen bewegten sich im Rhythmus sanfter Musik. Er spürte, wie sein Kopf von Farben erfüllt wurde, den Farben eines Gewitters, eines gewaltigen Gewitters, und es gelang ihm nicht mehr, sie aufzuhalten, die Farben spielten verrückt, vermischten sich, lösten sich voneinander. Und urplötzlich bemerkte er, wie sie die Flucht ergriffen, ihm das Rückgrat hinunterliefen, sich dort hineinbegaben, in dieses Stück Fleisch, das in Evelyns Mund steckte, und sich in einem Schwall aus ihm ergossen. Evelyn drückte ihn an sich, verharrte, um sich von diesen ständig wechselnden Farben überfluten zu lassen.

Dann zog sie sich zurück. Als Green die Augen öffnete, schaute sie ihn reglos an, wie ein Kind.

Mit leiser Stimme fragte er: »Was war das?«

»Die Liebe«, antwortete Evelyn.

Ehe Green für immer die Schwelle des Geschäfts überschritt, um nie mehr zurückzukehren, sagte Evelyn: »Er wird mich heiraten, Green. Malcolm Agleilaki, der Zahnarzt, hat um meine Hand angehalten.«

»Du wirst ein wunderbares Lächeln haben.«

Das waren die letzten Worte, die sie wechselten.

29

Das Schiff, dem er zugeteilt wurde, war die *Hurrikan 3*. Er fragte sich, warum Kapitän Marlow ihn nicht bei sich hatte haben wollen, konnte sich jedoch den Grund ausmalen. Er wusste zu viel über das Leben dieses Mannes, der ein so großes Geheimnis daraus gemacht hatte. Als einziges Zeichen ließ er Green durch einen Schiffsjungen ein Kärtchen überbringen, auf dem in schöner Handschrift stand: »Gut gemacht«, und darunter die Unterschrift des Kapitäns.

Man brachte ihm das Schießen bei und alles, was ein guter Soldat wissen musste. Green Talbot lernte, ohne viel zu reden. Die anderen Soldaten tranken und tanzten jeden Abend, als erwartete sie in Europa ein großes Fest.

Er nahm nicht an ihren Vergnügungen teil. Nachts ging er oft an Deck und blickte zum Horizont. Während der ganzen Reise sah er weder eine Insel, in deren Erde umgedrehte Flaschen steckten, noch hörte er die imposanten Laute des Albatros Farinata oder die merkwürdige Sprechweise seines alten Freundes Banjeseiro. Stattdessen nahm er eine beständige dunkle Gegenwart wahr, etwas Unbestimmtes, das ihn umgab. Aber vielleicht war es ja nur das Kriegsgetöse in der Ferne, dem sie entgegenfuhren.

30

In jenem Jahr sollte er endlich Frankreich zu Gesicht bekommen. Genau gesagt: am 6. Juni 1944. Es war noch Nacht, als sie in Beibooten auf den Küstenstreifen in der Normandie zufuhren, den die Amerikaner Omaha Beach tauften. Sie hatten den Befehl, mit allen Mitteln Pointe du Hoc zu erreichen, einen Abschnitt hoch oben auf dem Kliff, und die Kanonen zu zerstören, die der Kontrolle über das Landungsgebiet dienten.

Die Aktion begann alles andere als reibungslos. Die Amerikaner verloren fast alle Schwimmpanzer, die einer nach dem anderen in der stürmischen See untergingen. Die Schwimmvorrichtung, mit der sie ausgestattet waren, war nicht stabil genug, um den Fluten standzuhalten.

Vor ihnen am Strand wartete in der Deckung steiler Felsen eine der besten Divisionen der Deutschen.

Ehe er den Fuß auf französischen Boden setzte, wurde Green Talbot von einem Kahn abgelenkt, der nicht weit entfernt die *Hurrikan*-Flotte flankierte. Er hatte eine französische Flagge mit einem Totenkopf gehisst. Dann hörte Green einen Schlachtruf.

»Ahoi, Kameraden! Schrecken der Meere! Klarmachen zum Entern! Lasst uns Frankreich von den Invasoren befreien! Und lasst uns plündern, was es zu plündern gibt! Oar, oar.«

»Klarmachen zum Entern!«, riefen die Matrosen im Chor.

Das ist doch …, dachte Green.

Aber dann wurde er vom Pfeifen der Projektile abgelenkt. Um ihn herum wurde alles unter Beschuss genommen. Die amerikanischen Soldaten fielen wie die Fliegen und wurden vom Meer verschluckt. Jene, denen es gelang, an Land zu gehen, liefen, so schnell sie konnten, über den Strandstreifen, der sie vom Feind trennte. Auch Green benutzte seine zwei Beine, als wären es acht, und rannte wie der Blitz, während ringsherum die Kameraden dutzendweise im Kanonenhagel niedergemäht wurden. Inmitten dieses Gemetzels hatte er nur einen Gedanken: an seinen Vater und die Mine, auf die dieser getreten war und die ihn ein Bein gekostet hatte.

Und zum ersten Mal in seinem Leben hielt er inne.

In diesem Moment explodierte keine zehn Meter von ihm entfernt eine Kanonenkugel, und zwar genau an der Stelle, zu der er hatte laufen wollen. Die Explosion war so stark, dass sie ihn mit Wucht zurückwarf und er der Länge nach auf dem feuchten Sand landete.

Erst am nächsten Tag gewahrte er vage, wie ihn jemand am Arm zog und ihn sich auf die Schulter lud, ohne dass er richtig zu sich gekommen wäre. Schließlich drang eine vertraute Stimme an sein Ohr. Er versuchte, die Augen zu öffnen, doch es gelang ihm nur für wenige Sekunden, in denen er das unscharfe Bild eines Mannes ausmachte.

»SCHLECHTE Welt, SCHLECHTE Welt. Dass ich dich ausgerechnet in DIESEM EPOCHALEN Gemetzel wiedertreffen muss.«

Eine gute Meile lang trug ihn der Mann über der Schulter, dann erreichten sie einen Jagdbomber, und Green bekam verschwommen mit, wie er auf den Rücksitz befördert wurde. Der Mann setzte sich eine Fliegerbrille auf, dann ließen sie in Windeseile den französischen Luftraum hinter sich.

Als Green Talbot das Bewusstsein wiedererlangte, lag er auf einem sauberen Bett. Er blickte sich um und erkannte, dass er sich in einem Zimmer im Wirtshaus von Palomar Almirante befand. Kurz darauf kam der alte Palomar mit einer Tasse dampfender Brühe herein.

»Ich wusste, dass du bald aufwachen würdest. Und wie durch ein Wunder bist du unversehrt, wie es scheint.«

»Ich habe aufgehört, als es gerade erst richtig losging«, murmelte Green, doch der alte Palomar bedeutete ihm, dass er ihn nicht verstanden habe.

»Unser lieber gemeinsamer Freund hat dich hergebracht. Es ist ihm gelungen, seinen Traum zu verwirklichen. Er ist jetzt Pilot.«

»Wo ist er?«, fragte Green.

»Er ist schon wieder weg, und Gott allein weiß, was er Neues ausheckt. Aber ich soll dir sagen, dass er wiederkommen wird, und zwar wenn du am wenigsten damit rechnest.«

Doch diesmal sollte Jerry Spears sein Versprechen nicht halten: Green Talbot sah ihn nie wieder. Sein Flugzeug blieb nach dem Krieg verschollen. Es hieß, er habe sich von seiner Truppe gelöst, um im Alleingang über deutschen Boden zu fliegen und eine Einzeloffensive zu wagen.

Green Talbot war binnen weniger Wochen wieder auf den Beinen, entschied sich aber, fürs Erste als Palomars Gehilfe im Gasthof zu bleiben, ganz wie in alten Zeiten. Aus den Wochen wurden Monate und aus den Monaten beinahe ein ganzes Jahr. An kalten Wintertagen spürte er bisweilen die gleiche dunkle Präsenz wie Monate zuvor auf der *Hurrikan 3*, als würde ihn eine merkwürdige Vorahnung verfolgen. Er erzählte dem alten Palomar davon, der ihn beruhigte.

»Der Krieg erlaubt sich einen üblen Scherz mit dir, mein Junge.«

Eines Tages kam Palomar Almirante vom Gemüsemarkt zurück und brachte gute Nachrichten mit nach Hause. Er riet Green, nach London zu ziehen und sich dort eine bessere Arbeit und eine Unterkunft zu suchen. Es war das Jahr 1945, und in Europa wollte man nur noch eins: Frieden. Als der Tag der Abreise nahte, schickte der alte Palomar ihn zum Bahnhof, wo der berühmteste Lokomotivführer ganz Englands gerade die Reparatur seiner Lokomotive beaufsichtigte.

»Er ist dafür bekannt, dass er sich nie verspätet. Sein Spitzname ist Stock O'Clock, weil er mit seinem Holzbein den Sekundentakt zu schlagen pflegt. Er ist mir ohnehin einen Gefallen schuldig, nachdem er des Öfteren die Gastfreundschaft des Wirtshauses Almirante genossen hat.«

Green Talbot schüttelte dem alten Palomar die Hand, was ja nichts Neues zwischen ihnen war, machte sich in seiner abgewetzten Uniform abermals auf den Weg, in der Tasche das wenige Geld, das er verdient hatte.

Am Bahnhof erkannte er Stock O'Clock, der dort auf- und abhinkte, auf Anhieb. Sooft sein Holzbein auf dem Boden aufsetzte, hallte der Bahnsteig von der Wucht seiner Schritte wider. Dabei beobachtete er aus dem Augenwinkel die zwei Arbeiter, die seine Lokomotive instand setzten.

Green trat zu ihm hin, stellte sich vor und überbrachte Palomar Almirantes Grüße.

»Er hat auch gesagt, was für ein Vergnügen es ihm war, Sie in seinem Gasthof zu Gast gehabt zu haben.«

Der Lokführer Stock, der schlau genug war, um ihn zu durchschauen, sagte: »Hmpf. Nun rück schon damit raus, was du wirklich willst.«

»Ich muss nach London.«

»Na gut«, sagte Stock. »In zwei Tagen ist Abfahrt.«

DIE ZEIT

31

Nach vielen Fahrtstunden und nur wenigen Zwischenstationen hielt der Zug an einem kleinen Bahnhof an, der keine Halbtagesreise mehr von London entfernt war. Der Lokführer Stock stieg aus seiner Lokomotive und blickte sich um.

»Wo zum Teufel sind wir hier eigentlich?«, fragte er sich laut.

Er machte ein paar Schritte, *tock*, *tock*, auf den Eingang des kleinen Bahnhofs zu.

Der Ort wirkte verlassen. Er erweckte den Eindruck, als sei noch nie zuvor einer dort vorbeigekommen.

Green Talbot folgte Stock und blieb einen Meter vor ihm stehen.

»Ich habe nicht die geringste Ahnung, um was für einen Ort es sich handelt«, sagte Stock zu dem jungen Mann. »Das ist ja merkwürdig. Wo ich doch alle Bahnhöfe in ganz England kenne. Alle, mein Junge.«

Er zog am Türknauf. Die Tür war offen.

Vor ihnen befand sich der Fahrkartenschalter aus Holz, hinter dem drei identische Stühle standen. An der Seite zwei Bänke und darüber eine Schiefertafel, auf der zu lesen war: *Wartesaal*.

Weiter oben an der Wand hing ein mechanischer Kalender, dessen Datumsanzeige zwei Jahre im Rückstand war. 20. Sept. 1943. Im Sonnenlicht, das durch ein großes Fenster hereinfiel, wirbelten Myriaden leuchtender Staubkörner.

»Und nun?«, fragte Green.

»Keine Ahnung. Ich würde mein Holzbein darauf verwetten, dass dieser Bahnhof nicht existiert.«

»Wie kann er denn ‚nicht existieren'?«

»Ich habe ihn noch nie gesehen, und deswegen gibt es ihn auch nicht. Schätze, dass wir die Ersten sind, die hier anhalten.«

Der Lokführer Stock, der partout keine andere Erklärung zulassen wollte, schlug Green vor, zur anderen Seite des Bahnhofsgebäudes hinauszugehen und jemanden im Ort zu fragen, wo sie waren.

Doch als sie ins Freie traten, fanden sie keinen Ort vor. Nur eine lange Schotterpiste, die sich im Zickzackkurs bis zum Horizont zog, und links und rechts im Dunst hie und da ein Baum.

»Das ist ja ein starkes Stück«, sagte Stock.

Green Talbot hob witternd die Nase. Die Luft roch merkwürdig, als wäre sie nicht vorhanden. Auch lauschte er angestrengt, ob irgendwo in der näheren oder ferneren Umgebung etwas zu hören war. Doch alles war in vollkommene Stille getaucht.

»Hier gibt es nichts, absolut nichts«, sagte Stock. »Komm, lass uns gehen, mein Junge.«

Als sie sich umdrehten, um wieder ins Bahnhofsgebäude zu treten, blieb Green unvermittelt stehen. An der Mauer neben der Tür war ein Plakat angebracht, das beinahe so groß war wie er selbst.

BAHNHOF VON TRANQUILLITY
GROSSE ERÖFFNUNGSFEIER
21. SEPTEMBER 1943
ES GIBT NOCH KEINE ZÜGE?
ABER SIE WERDEN KOMMEN.

Auch Stock war stehen geblieben. Er kraulte sich den weißen Spitzbart und drehte sich langsam zu Green herum.

»Potzteufel! Tranquillity. Noch nie gehört.«

»Tranquillity hat einen Bahnhof«, sagte Green, der den anderen gar nicht gehört hatte. »Stock! Tranquillity hat einen Bahnhof! Sie erlauben es also, dass Menschen hier ankommen, verstehst du?«

Green umarmte ihn, hob ihn ein Stück vom Boden hoch und drehte sich mit ihm im Kreis.

»He!«, knurrte Stock. »Bist du jetzt völlig übergeschnappt? Lass mich sofort runter!«

Als Green ihn wieder auf dem Boden abstellte, fiel Stock die Mütze vom Kopf. Er bückte sich langsam, um sie aufzuheben, setzte sie wieder auf und warf dem jungen Mann einen finsteren Blick zu.

»Umpf. Du willst also sagen, dass du diesen Ort kennst?«

»Ich bin hier geboren!«

»Wir müssen los, und zwar schleunigst«, erwiderte Stock und dachte dann einen Moment lang schweigend nach, bevor er sein Gegenüber erneut skeptisch musterte.

»Aber das ist mein Geburtsort!«

Green rief sich seine Eltern ins Gedächtnis, Grof den Hund, Reverend Barry, den dicken Bauch von Bürgermeister Ray Wonder, der jeden Augenblick zu platzen drohte. Die kleine Kathy, die Tochter von Hillary Mark, in deren Augen man die Zukunft lesen konnte und die zweifelsohne eines Tages zur schönsten Frau Englands heranreifen würde. Wenn er es recht bedachte, so war die Zukunft jetzt.

Der Lokführer Stock, dem es wie so vielen anderen Menschen auch an jeglicher Neugierde mangelte, war dennoch versucht, diesem Burschen die ein oder andere Frage zu stellen. Die Geschichte von dem nicht existierenden Bahnhof wäre mit Sicherheit Gesprächsthema Nummer eins unter den Eisenbahnern, die sich nach Feierabend in der Bar trafen, und er wäre der Einzige, der etwas darüber wusste. Auf der anderen Seite war Stock nicht nur Lokführer mit Herz und Seele, sondern sein ganzer Stolz war die Pünktlichkeit, deren er sich rühmte, eine Fahne, die es immer und überall hochzuhalten galt. Wenn er jetzt unverzüglich wieder seine Lokomotive bestieg, könnte er auf die Minute genau beim nächsten Bahnhof ankommen, so wie immer. Er würde sich zwar mächtig ins Zeug legen müssen, aber schließlich beherrschte er wie kein anderer dieses imposante Schienenfahrzeug.

»Junge, ich muss los, und du musst dich entscheiden, ob du mitkommen oder an diesem gottverlassenen Ort bleiben willst.«

Green nahm das Kratzen des weißen Spitzbarts an den Knöpfen der grauen Uniformjacke wahr, sah, wie Stock unruhig seine knotigen, kräftigen Hände knetete. Bemerkte, wie er mit seinem Holzbein Halt auf dem Boden suchte.

»Warum? Ich meine, warum halten Sie so viel auf Pünktlichkeit?«

»Warum, warum, warum? Was wäre die Welt ohne Pünktlichkeit!«

»Eine Welt mit weniger Sorgen, vielleicht.«

»Weniger Sorgen? Weniger Sorgen? Mein Junge, kannst du dir Geschäftsleute vorstellen, die zu spät kommen? Frachtschiffe, die sich verspäten? *Züge*, die sich verspäten?«

»Die Züge kommen doch sowieso immer zu spät.«

»Die Welt würde ins Chaos stürzen, das lass dir gesagt sein. Jawohl, es würde weltweites Chaos ausbrechen! Kannst du dir das nicht vorstellen? Verträge würden platzen, Lieferungen würden ausbleiben, es gäbe keine Regeln mehr, an die man sich halten könnte! Ach …«, fuhr der Lokführer Stock fort. »So leid es mir tut, Junge, aber mit dir kann man sich nicht vernünftig unterhalten. Außerdem wird unsere Verspätung immer größer!«

Stock wusste, wenn er noch eine Sekunde zögerte, würden sie nie, niemals pünktlich am nächsten Halt ankommen. Er drehte sich um und lief auf den Eingang zu, Schritt, *tock*, Schritt, *tock*, hob im Gehen eine Hand, sagte »Auf Wiedersehen«, während er winkte, durchquerte den Wartesaal des nie eingeweihten Bahnhofs von Tranquillity, Schritt, *tock*, Schritt, *tock*, ging auf der anderen Seite wieder hinaus, Schritt, *tock*, überwand die kurze Distanz zwischen Bahnsteig und Trittbrett der Lokomotive, *tock*, und kletterte hinauf.

Der Zug setzte sich langsam in Bewegung, fuhr dann immer schneller in Richtung des unsichtbaren Ziels und der soundsovielten pünktlichen Ankunft, flitzte in der Ferne dahin wie ein Dickhäuter, der von einer Maus verfolgt wird, und verschwand am Horizont, während sich die ausgestoßene Rauchsäule in der Luft ausbreitete und immer größer und transparenter wurde.

Green Talbot indessen fand sich zum ersten Mal seit Jahren vollkommen allein wieder. Er beschloss, dem unbefestigten Fahrweg in Richtung Tranquillity zu folgen. Wenn die Einwohner seiner Heimatstadt einen Bahnhof gebaut hatten, dann konnte er schließlich getrost zurückkehren.

32

Das Schild lag kopfüber auf dem Boden. Die weiße Farbe war abgeblättert und der Name des Städtchens kaum mehr zu lesen.

Green betrachtete das Kopfsteinpflaster zu seinen Füßen. Die Straße führte zu den ersten Häusern des Orts. Oben auf dem Hügel stand das Haus, in dem er aufgewachsen war.

Als er die Kirche von Reverend Barry erreichte, kam sie ihm viel älter vor, als er sie in Erinnerung hatte. Sie wirkte, als habe der Zahn der Zeit während seiner Abwesenheit heftig an ihr genagt.

Das Gleiche galt für die Straßen, die übrigen Häuser, den Wurstladen von Hillary Mark. Auch war alles geschlossen. Und alt.

Er versuchte, irgendein Lebenszeichen auszumachen, doch hier war es ebenso still wie auf dem kleinen Bahnhof.

»Hey!«, rief er. »Ich bin zurückgekehrt.«

Er hörte, wie seine Stimme zwei, drei Querstraßen weitergetragen wurde, um dann von den Steinmauern verschluckt zu werden.

Er begann so schnell zu laufen, als hätte er vier statt zwei Beine, überquerte die Hauptstraße und bog in die kleine Straße ein, die auf den Hügel führte. Als er bei seinem Elternhaus ankam, stellte er fest, dass es mehr oder weniger zur Ruine verfallen war.

Die hölzernen Deckenbalken lagen herabgestürzt auf dem Boden, die Fensterscheiben waren zersplittert.

Er wollte es betreten, aber war ihm nicht möglich. Er hatte einen Kloß im Hals, der immer größer wurde und ihm die Luft abschnürte.

So stand er schließlich inmitten des Gartens am Grab seiner Eltern, als er plötzlich ein *Kräck-Kräck-Kräck* hörte. Die Laute kamen aus dem Wald. Sie entfernten sich, zogen sich in den Wald zurück und verschwanden schließlich ganz.

Er lief in die Richtung, aus der sie gekommen waren. Vielleicht war da doch noch jemand, wer weiß.

Kaum hatte er den Wald erreicht, begann er zwischen den Bäumen nach den Distelfinken Ausschau zu halten, doch es war nicht einer zu sehen. Die Äste waren fast kahl und verdorrt, das Gras zu seinen Füßen von einem leblosen Gelb.

Er ging weiter bis zu der unheimlichen Lichtung, auf der er Jahre zuvor zum ersten Mal Grof dem Hund begegnet war.

Doch auch dort nichts als sterbende Bäume und gelbes Gras. An manchen Stellen sogar nur noch nackte

Erde. Wieder sah er sich um. Das Gefühl vollkommener Verlassenheit überkam ihn.

Plötzlich blieb sein Blick an hellblau schimmernden Fragmenten hängen, die hie und da zwischen den Grashalmen aufblitzten. Er bückte sich und hob eines auf. Es war etwa daumengroß und sah nach einer Glasscherbe aus, war aber noch glatter als Glas. Wenn er es drehte, sandte es blendende Reflexe aus. Green musste für einen Moment die Augen schließen.

»Du fragst dich wohl, was das ist.«

Eine tiefe, raue Stimme ließ sich vernehmen, während er die Lider noch immer geschlossen hatte.

»Und warum keiner mehr da ist.«

Green schlug die Augen auf. Er versuchte, den Menschen zu erkennen, der da zu ihm sprach, konnte aber nur einen Umriss ausmachen, der aus dem Halbschatten auf ihn zukam.

Als die Gestalt ins Helle hinaustrat, konnte er ihr Gesicht deutlich erkennen. Sie war alt, und ließ die gefalteten Hände entspannt vor dem himmelblau-weiß gemusterten Kleid herabhängen.

»Warum bist du zurückgekommen, Green?«

Er war überzeugt, diese Frau noch nie gesehen zu haben.

»Dies ist ein Ort des Todes geworden. Wenn du noch länger bleibst, wird es dir nicht mehr gelingen fortzugehen, und du wirst ebenfalls sterben.«

»Wer sind Sie?«, fragte er. »Und was geht mit Tranquillity vor sich?«

»Ich weiß selbst nicht mehr, wer ich bin, Green. Ich werde ebenfalls sterben, zusammen mit dem Wald. Das, was du in der Hand hältst« – Green Talbot senkte den Blick auf den blauen Splitter zwischen seinen Fingern – »ist ein Stückchen Himmel. Auch er löst sich allmählich auf.«

»Der Himmel kann sich doch nicht auflösen«, entgegnete Green.

»Doch, das geschieht manchmal, damit die Dinge wieder ins Lot kommen.«

Hoch oben über seinem Kopf erblickte er dunkle Risse, die den Himmel durchfurchten, und Löcher, die nur eine undefinierbare schwärzliche Leere dahinter erkennen ließen.

»Der Himmel. Löst sich auf.«

»So ist es, Green.«

Aus der Dunkelheit näherte sich eine weitere Silhouette, die sich schwankend und keuchend voranbewegte. Green Talbot stand da und beobachtete, wie sie durch das spärliche Licht auf ihn zukam.

Das hinkende Wesen erreichte ihn, und erst als es seinen Kopf in seine Hand legte, erkannte er es. Green ging neben ihm in die Hocke und umarmte es, drückte es an sich.

»Grof«, sagte er.

Der große Hund ließ sich die Umarmung gefallen.

Von dem Monster, das Tranquillity einst in Angst und Schrecken versetzt hatte, war keine Spur mehr zu erkennen. Er war nur noch ein riesiges Tier, das sich mit Mühe voranschleppte. Sein Fell, einst gefleckt und struppig, hatte eine undefinierbare Farbe angenommen. Der größte Hund auf Erden. Green rief sich in Erinnerung, wie er das Tier vor einigen Jahren zwischen Bürgermeister Ray Wonder und Reverend Barry und neben der kleinen Kathy Almery zurückgelassen hatte.

Sein Blick wanderte wieder zu der alten Frau. Er schloss die Augen und konzentrierte sich auf ihren Geruch. Dann öffnete er sie wieder.

»Die kleine Kathy«, sagte er.

»Die kleine Kathy«, bestätigte sie.

Ihre Augen schwammen in Tränen. Tränen, die nicht mehr versiegen wollten.

»Ich habe auf dich gewartet, Green. Acht lange Jahre habe ich jeden Tag darauf gewartet, dass du zurückkommst. Die anderen Bewohner von Tranquillity haben dich nach und nach vergessen. Die Menschen vergessen schnell. Aber ich habe dich nicht vergessen und habe auch nicht vergessen, wie wir damals zusammen in den Wald gingen und du meine Hand hieltest. Und als du weg warst, bin ich immer wieder hierhergekommen. Ich war die Einzige. Hatten die Leute zunächst Angst vor dem Wald, so hat er sie später schlicht nicht mehr interessiert. Sie waren zu sehr damit beschäftigt, sich nicht zu verändern. Dafür zu sorgen, dass ein Tag dem anderen glich. Ich bin unzählige Male auf die andere Seite des Waldes gegangen. Dort strich der Wind so anders über das Gras als hier. Er wehte richtig. Dort ist eben auch der Wind frei. Wie oft habe ich daran gedacht, ebenfalls wegzugehen. Loszulaufen und mich nicht mehr umzudrehen. Aber ich blieb. Weil ich wusste, dass du eines Tages kommen würdest, und ich wollte, dass du mich hier findest.

Nach mir sind keine weiteren Kinder mehr geboren worden. In Tranquillity gab es nur noch alte Menschen, und wenn jemand starb, waren keine Nachkommen da, um ihn zu ersetzen. Die Stadt war im Begriff auszusterben, zu erlöschen wie eine heruntergebrannte Fackel.

Und deswegen hat Bürgermeister Ray Wonder *die* Entscheidung getroffen. Tranquillity für den Rest der Welt zu öffnen, wie er sagte. Einen Bahnhof zu errichten. Und das wurde in die Tat umgesetzt. Viel zu viele Jahre hatten die Leute die Zeit angehalten. Und als die Welt hereinkam, gelangte auch die Zeit mit ihr herein, selbst die gestohlene Zeit. Ganze Jahre in einem einzigen Augenblick. Die wenigen Kinder wurden über Nacht zu alten Menschen. Und zwar so alt, dass sie binnen weniger Monate ebenfalls starben. Nur ich bin noch übrig, um auf dich zu warten. Ich war zu klein, um zu sterben, und jetzt bin ich zu alt, um nicht zu sterben, Green. Nun bist du da, aber es ändert nichts mehr.«

33

So kam es, dass Green Talbot Tranquillity abermals verließ, doch diesmal für immer.

Er ging in kleinen Schritten, damit die alte Kathy Almery und Grof der Hund ihm folgen konnten. Der Himmel über dem Wald bröckelte weiter herab – fast wie leises Schneegeriesel. Schon begann er sich auch über seinem ehemaligen Elternhaus, über dem Hang und den Straßen Tranquillitys aufzulösen.

Auch Green fühlte sich seit seiner Ankunft zusehends müde. Seine Schultern sanken schwer nach vorn, seine Haare waren spröde, und als er sich über die Schläfen fuhr, hielt er plötzlich zwei kleine Haarbüschel in Händen. Er drehte sie zwischen den Fingern und betrachtete sie. Unter seine schwarzen Haare hatten sich ein paar weiße Strähnen gemischt. Er strich sich erneut über die Schläfen und tastete dort, wo zuvor noch dichtes Haar gewesen war, zwei kleine kahle Stellen.

Er wandte sich zu Kathy Almery um.

»Kathy.«

»Es liegt an der Zeit, Green. Sie dringt auch in dich ein«, sagte sie. »Du darfst keine Minute länger hierbleiben. Sieh zu, dass du hier wegkommst, Green, und dreh dich nicht mehr um.«

Green Talbot zögerte noch, gebannt von dem Leuchten, das von Kathys Augen ausging. Einen Moment lang gelang es ihm, wieder das bildschöne Mädchen vor sich zu sehen, das er viele Jahre zuvor in den Wald mitgenommen hatte.

»Leb wohl, kleine Kathy.«

Dann kehrte er sich von ihr ab und rannte wie der Blitz auf seinen zwei Beinen davon, so schnell, als hätte er acht. Der von Rissen durchzogene Himmel löste sich immer weiter auf und rieselte in winzigen Scherben auf ihn herab. Er ließ die letzten Backsteinhäuser hinter sich und erreichte den geschotterten Weg zum Bahnhof. Obwohl er fürchtete, zur Salzsäule zu erstarren, wenn er sich umdrehte, tat er es.

Er wollte dem Ort, an dem er seine ersten Lebensjahre verbracht hatte, einen letzten Gruß erweisen. Der Himmel barst einer trockenen Erdscholle gleich, und seine bröckelnden Teile regneten immer dichter auf die kleine Stadt herunter, die außer Green niemand kannte.

Er hielt nur wenige Sekunden inne, doch sie fühlten sich an wie Tage. Die Erde unter ihm bebte. An den Häusern waren bereits die ersten Backsteine zersprungen.

Dann lief er wieder los, rannte, so schnell er konnte, während die Zeit in ihn eindrang, seine Erinnerungen zertrümmerte und all das, was er bis dahin erlebt hatte, auf einen ungeordneten Wust von Bildern reduzierte.

Als er in der Ferne die Bahngleise erspähte, verlangsamte er den Schritt. Nach vorn gebeugt, die Hand auf die Brust gelegt, blieb er stehen und rang nach Atem. Das Blut pochte in seinen Schläfen, in seinen Adern. Dann spürte er, wie er das Bewusstsein verlor.

Allmählich ließ das Pulsieren nach, er fühlte sich leichter, bekam wieder Luft. Hinter sich hörte er das Pfeifen des Windes und das Herunterkrachen von Steinen.

Er folgte den Gleisen. Mehr als ein halber Tag verging, ohne dass der nächste Bahnhof aufgetaucht wäre. Bedrückt marschierte er in der verschlissenen Militäruniform, die ihm unangenehm am Leib klebte, weiter und immer weiter.

Bei Sonnenuntergang gelangte er zu einer Gabelung. Die Gleise teilten sich in zwei identische Schienenstränge.

Er schloss die Augen, versuchte auszumachen, ob aus einer der beiden Richtungen ein Geräusch zu vernehmen war, doch er hörte nichts.

Schließlich stellte er sich auf eines der beiden Gleise, breitete die Arme aus, um die Balance zu halten und lauschte abermals angestrengt.

Gut, sagte er sich. Dann gehe ich eben in der Mitte.

Die beiden Schienenstränge schienen sich zunächst kaum zu entfernen.

Als es dunkel war, beschloss er, sich hinzulegen. Den Kopf auf die zusammengefaltete Jacke gebettet, betrachtete er den Sternenhimmel, der ihm keinerlei Orientierung bot.

Im Morgengrauen machte er sich erneut auf den Weg. Die beiden Eisenbahnstränge hatten sich inzwischen so weit entfernt, dass sie wie dünne, am Horizont aufgehängte Fäden aussahen. Der Wind trug rauchgeschwängerte Luft heran. Doch so sehr er sich auch konzentrierte, hätte Green nicht sagen können, aus welcher Richtung der Geruch kam. Merkwürdig, dachte er. Doch dann konnte er etwas sichten. Auf einem der beiden Fäden sah er einen dunklen Fleck, der graue Rauchfahnen ausstieß.

Je höher die Sonne stieg, desto wärmer wurde es. Green Talbot knöpfte die Jacke auf und beschloss, der Rauchwolke entgegenzugehen. Wo Rauch war, waren aller Wahrscheinlichkeit nach auch Menschen, sagte er sich.

Er schritt weiter aus und lief schneller. Der dunkle Fleck nahm die Umrisse eines Zuges an. Wurde länger. Nicht zu vergleichen mit Stocks kleiner Eisenbahn, mit der er gereist war. Es war einer dieser Züge, bei denen man, wenn man davorstand, kaum das Ende erkennen konnte.

Kurz darauf machte er ein paar Gestalten vor dem Zug aus, einige von ihnen mit Mützen. Hin und wieder hörte er Stimmen, die sich vermischten und brachen und in Fetzen zu ihm herübergetragen wurden. Als er bis auf wenige Schritte herangekommen war, sah er, dass die Gestalten geschäftig vor der Lokomotive herumliefen.

Der Lokomotivführer war ein schmächtiger Mann, der mit jemandem sprach, offensichtlich dem Schaffner, sich dabei immer wieder mit den Händen übers Gesicht fuhr oder sie ratlos an die Schenkel legte.

»Vor die Lok. Er ist mir plötzlich vor die Lok gesprungen.«

»Sie konnten nichts tun, Kollege.« Der Schaffner bemühte sich, ihn zu beruhigen.

Neben dem Zug lag unter einem Leintuch der Körper eines Jungen.

»Ich habe ihn gerade noch gesehen, wie er mit den Händen in den Jackentaschen mitten auf dem Gleis stand. Man hätte meinen können, dass er es darauf angelegt hat, unter den Zug zu geraten.«

»Sicher«, erwiderte der Schaffner.

Ein paar Fahrgäste waren ebenfalls ausgestiegen und traten zu dem mit einem Laken bedeckten Leichnam. »Um Gottes willen, er war ja beinahe noch ein Kind!«, rief jemand aus.

Andere Passagiere streckten die Köpfe zu den Fenstern heraus; vereinzelt waren Kommentare und die Schreckensschreie irgendwelcher Frauen zu hören.

Green näherte sich der Gestalt unter dem Laken.

»Was ist passiert?«

Ein älterer Herr drehte sich zu ihm um. Er trug einen roten Anzug mit schwarzem Karomuster an Ärmeln und Hose und rauchte Pfeife.

»Der Tod versetzt einen doch immer wieder in Erstaunen. Und bringt sogar Züge zum Stehen. Machen Sie sich Sorgen wegen der Verspätung?«

»Nein, eigentlich nicht.«

»Dann sind Sie wohl nicht auf dem Weg zur Arbeit, junger Mann?«

»Ich war Soldat.«

»Ach so«, sagte der Herr. »Dann sind Sie ja jetzt zum Glück arbeitslos. Woher kommen Sie eigentlich?«

»Ich komme aus …«

In seinem Kopf wirbelte ein Strudel aus Farben und Tönen: Bilder von Bäumen, Gras, einer Kirche, einem Wurstladen, einem Mädchen, oder vielmehr einer alten Frau, einer abschüssigen Straße, einem Knopf, der bedrohlich auf dem Bauch eines Mannes auf- und abhüpfte, einem Haus. Dazwischen das Zwitschern von Distelfinken, oder vielleicht auch Stimmengeschnatter.

»Dann eben nicht«, sagte der Herr. »Aber verraten Sie mir doch wenigstens Ihren Namen.«

»Green Talbot, Sir.«

»Jimmy Del Vento.« Er ergriff die Hand des jungen Mannes und schüttelte sie. »Sehr erfreut.«

Inzwischen hatten Eisenbahnmitarbeiter die Leiche des Jungen aufgeladen, der, die Hände in den Taschen, auf dem Gleis auf die Ankunft des Zuges gewartet hatte. Der Lokführer war wieder eingestiegen, und gleich würde sich der Zug wieder in Bewegung setzen.

»Kommen Sie«, sagte Jimmy Del Vento. »Nehmen Sie neben mir Platz. Sie waren also Soldat.«

»Ja.«

»Haben Menschen erschossen.«

»Nein, ich bin gelaufen.«

»Merkwürdige Beschäftigung für einen Soldaten.«

»Laufen, meinen Sie?«

»Laufen.«

»Ich kann sehr schnell laufen, müssen Sie wissen. Deswegen konnte ich den Kanonenkugeln ausweichen.«

»Und haben Sie selbst geschossen?«

»Nein, ich kam nicht mehr dazu, um ehrlich zu sein.«

»Ich will Ihnen mal was sagen, Mr Green Talbot. Aufgrund meiner langen Lebenserfahrung, insbesondere meiner guten Menschenkenntnis würde ich behaupten, dass Sie nicht zum Soldaten geboren wurden.«

»Ich bin eben in diese Rolle hineingeraten.«

»Wenn wir ankommen, müssen Sie sich eine neue Arbeit suchen.«

»Ankommen, wo werden wir denn ankommen?«

»Junger Mann, Sie scheinen mir leicht geistig verwirrt. Sind Sie etwa aus Versehen in diesen Zug gestiegen? Es gibt nur eine Ankunftsstation für Leute von Welt. Dieser Zug ist der einzige, mit dem man die großartige Metropole London erreicht. Gewiss, jetzt nach dem Krieg ist sie kaum wiederzuerkennen. So schwer zerstört, so vieles zerbombt und in Trümmern. Aber ein wenig altbewährte englische Geduld – und sie wird bald wieder im alten Glanz erstrahlen.«

»Arbeiten Sie in London?«, wollte Green von Jimmy Del Vento wissen.

»Aber nein. Ich arbeite in der Luft!«

Dabei breitete der Fremde die Arme aus, als wolle er ein Zauberkunststück vollführen.

Green sah ihn verständnislos an, während Jimmy Del Vento die oberen Jackenknöpfe öffnete, in die Innentasche fasste und ein Kärtchen herauszog.

»Hier, bitteschön.«

Green drehte das Kärtchen herum und las:

Jimmy Del Vento
Bau, Reparatur und Verkauf von Heißluftballons

Er steckte das Kärtchen in seine Jackentasche und wandte sich wieder Jimmy Del Vento zu.

»Heißluftballons.«

»Der Beste meines Fachs, junger Mann. Auch wenn ich aufgrund dieser plumpen Stahlungeheuer bald der Einzige meines Fachs in ganz England sein werde.«

»Ah ja, die Flugzeuge. Einer meiner Freunde ist Pilot. Er hat schon immer davon geträumt, ein Flugzeug zu fliegen.«

»Manche lieben die Geschwindigkeit und andere die Langsamkeit. Doch Erstere werden immer mehr, mein lieber Green. Und für die Heißluftballons wird es allmählich Zeit, auf die Erde zurückzukehren.«

Sie kamen sich rasch näher. Green Talbot erzählte Jimmy Del Vento, wie er nach Amerika gelangt war und dort das Juweliergeschäft Lou Saunders wieder in Schwung gebracht hatte. Auch berichtete er ihm, wie er sich kurz vor Kriegsende auf der *Hurrikan 3* eingeschifft hatte.

»Und bei all dem, was du erlebt hast, hast du noch nie die Welt von oben gesehen?«

»Nein, noch nie.«

»Dann verspreche ich dir eines: Ehe der letzte Heißluftballon für immer auf die Erde zurückkehrt, werde ich dich mit hinaufnehmen.«

Green sah zum Zugfenster hinaus und betrachtete den klaren Himmel, der sich bis zum Horizont erstreckte.

Die Lokomotive stieß ein Pfeifen aus, und die Stahlräder drehten sich immer langsamer, bis der Zug zum Stehen kam.

»London!«, sagte Jimmy Del Vento.

Er stand auf und führte einen Freudentanz auf.

34

In London sollte Green Talbot Jimmy Del Vento noch mehrere Male begegnen. Der alte Heißluftballonmechaniker half ihm, eine bescheidene Unterkunft nicht weit vom Stadtkern zu finden. Außerdem nahm er ihn zu seinen Geschäftsterminen mit und machte ihn mit zahlreichen Leuten bekannt.

Darunter war auch der Inhaber eines Baugeschäfts. Er hieß Eddie Winter. Damals herrschte ein Bauboom, in London ebenso wie im restlichen Europa. Die Menschen bemühten sich, die Kriegsjahre zu vergessen, sie arbeiteten hart dafür, und in den einzelnen Ländern packten wirklich alle mit an. Eine neue Welt zu erschaffen bedeutete für viele, die alte auszulöschen.

Eddie Winter besaß einen ausgeprägten Geschäftssinn. Aufträge zu ergattern fiel ihm nicht schwer. Seine Arbeiter legten sich mächtig für ihn ins Zeug und führten die Bauarbeiten in kürzestmöglicher Zeit und zu seiner höchsten Zufriedenheit aus.

Als er Green Talbot kennenlernte, erkannte er in ihm auf Anhieb einen wertvollen Assistenten. Dieser junge Mann, der gleichsam aus dem Nirgendwo zu kommen schien, hatte die Welt gesehen, hatte keine persönlichen Bindungen und war auch nicht mehr ganz grün hinter den Ohren. Eddie wusste zu gut, dass die jungen Leute normalerweise nichts als Flausen im Kopf hatten. Er nahm sich vor, ihm das nötige Handwerkszeug beizubringen, nicht nur für die Arbeit auf den Baustellen, sondern auch im Umgang mit potenziellen Kunden, damit diese sich gern an Eddie Winter Constructions wandten.

»Versuch es, oder hast du etwas zu verlieren?«

»Nein, nichts«, antwortete Green.

Er begann umgehend zu arbeiten. Eddie Winter deckte ihn so mit Arbeit ein, dass er kaum eine Minute Freizeit hatte, behandelte ihn jedoch im Übrigen wie einen Sohn. Nach wenigen Monaten oblag Green Talbot die Verantwortung für das Rechnungswesen der kleinen Firma, außerdem führte er einen eigenen Bautrupp mit fünf Männern an. Im Laufe von drei Jahren verdoppelte Eddie Winter seinen Umsatz.

Green war so beschäftigt und immer unterwegs, dass er gar nicht bemerkte, wie er zum Mann geworden war. Er ließ sich, ganz wie es damals Mode war, einen Schnurrbart wachsen, und freitagabends traf er sich mit Eddie in einem schäbigen Pub in der Nähe seiner Wohnung auf ein paar Bier.

Wann immer einer von ihnen einen größeren Auftrag an Land zog, gönnten sie sich einen Besuch im Etablissement von Marguerite De Cœur, einer Französin von erlesener Eleganz, deren Metier es war, ihren Kunden ein paar entspannende Stunden zu bereiten, in denen sie einmal so richtig abschalten konnten.

Marguerite beschäftigte dreizehn Mädchen aus ganz Europa. In den ersten Wochen wählte Green immer dieselbe aus, Virginie, auch sie eine reizende Französin.

Als er das erste Mal mit ihr zusammen war, kam ihm Evelyn in den Sinn. Ob sie sich in den zurückliegenden Monaten verändert hatte und ob er sie jemals wiedersehen würde? Er rief sich den Augenblick ihres Abschieds ins Gedächtnis. Oder besser gesagt die Farben jenes Moments, denn es waren die Farben, die seine Erinnerung beherrschten.

Er fragte Virginie, ob sie diese Farben bei ihm wieder hervorrufen könne. Virginie lächelte nur und zog ihm kurzerhand die Hose aus; sie tat es mit einer solchen Leichtigkeit, dass Green den Eindruck gewann, die französischen Frauen seien rein ätherische Wesen.

Virginies Lippen beherrschten ein Repertoire von Tausenden von Küssen und waren dennoch nicht von der gleichen dichten Konsistenz wie die von Evelyn. Er spürte, wie ihm ein köstliches Wohlgefühl in den Kopf stieg, und versuchte in den Facetten dieses Wohlempfindens einige jener Farben wiederzuerkennen. Aber es war, als würde sich alles im Halbschatten abspielen. Jeder seiner Körperteile wurde von einer Vielfalt grauer Flecken überflutet, und als die blutjunge Virginie innehielt, bis er in ihr in vier, fünf Stößen erbebte, vermochte Green Talbot schließlich seinen Körper zu hören, und er gab es ein für alle Mal auf, krampfhaft die Erinnerung der Farben heraufzubeschwören.

»Vielleicht gibt es sie gar nicht«, sagte er wie zu sich selbst.

»Was denn?«

»Die Liebe«, sagte Green und dachte an Evelyns Worte.

»Aber alle reden davon.«

»Eben.«

Virginie ließ es dabei bewenden.

»Na ja«, sagte er laut denkend, »falls sie sich irgendwo versteckt, werde ich sie schon finden.«

Er rückte näher an Virginie heran und streifte mit dem Handrücken ihre Wange. Sein Blick war in die Ferne gerichtet.

Danach duschte er und kämmte sich die Haare nach hinten. Vereinzelt waren graue Haarsträhnen auszumachen. Er strich seinen Schnurrbart und seinen Anzug glatt. Dann legte er sich die stählerne Armbanduhr, die ihm Eddie geschenkt hatte, ums Handgelenk und nahm den Hut von der Hutablage.

Aus dem Halbschatten des Zimmers ließ sich Virginie vernehmen, die sich noch immer auf dem Bett räkelte: »Kommen Sie wieder, Mr Talbot.«

Green setzte sich den Hut auf, ohne ihr zu antworten. Es war schon spät, und ihm stand ein arbeitsreicher nächster Tag bevor.

SIE

35

Wie jeden Morgen in den vorangegangenen vier Jahren öffnete das Dienstmädchen um sechs Uhr fünfundvierzig das Fenster des großen Zimmers. Er schlug die Decke seines Himmelbetts zurück und erkundigte sich, ob das Frühstück fertig sei.

»Aber ja, Sir.«

Er beugte sich über die Waschschüssel und wusch sich das Gesicht. Dann zog er die Kleider an, die er am Abend zuvor auf den Bügel gehängt hatte, sowie die neuen, frisch polierten Schuhe. Ehe er die Treppe hinabstieg, trat er vor den Spiegel, um einen letzten Blick auf sein Äußeres zu werfen. Um die Augen herum hatten sich die ersten Fältchen eingenistet. Er war einunddreißig, sah aber älter aus. Er zeichnete mit den Fingerspitzen zu beiden Seiten den Lidrand nach. Dann ging er in den großen Salon hinunter.

Vom Garten drang das Zwitschern der kleinen Vögel herein, die in den Bäumen lebten. Während er seinen Tee trank, ließ er den Blick über die Mauer schweifen und lauschte ganz konzentriert den Vogelstimmen.

Er nickte dem Dienstmädchen zu.

»Sie singen«, sagte sie.

»Sie spüren den Frühling sehr viel deutlicher als wir.«

»Wer hätte das gedacht ...«

»Was?«

»Vor fünf Jahren war das Haus noch eine Ruine, und Sie haben es in wenigen Monaten in eine Villa verwandelt. Und all diese Bäume im Garten!«

»Als ich klein war, träumte ich davon, Waldhüter zu werden. Ich halte nicht viel von Menschen, die allzu verbissen ihren Träumen nachjagen, das wissen Sie ja. Doch als ich damals über die kahle Wiese ging, hatte ich das Gefühl, dass etwas fehlt.« Er hielt versonnen inne und trank einen Schluck Tee. »Dann habe ich mir gesagt, verdammt, hin und wieder zu träumen tut niemandem weh. Haben Sie Träume, Mrs Liddle?«

»Bei all der Arbeit ...«

»Natürlich, immer fehlt uns die Zeit. Und wenn ich mich jetzt nicht beeile, komme ich zu spät zur Arbeit. Ach ...«, fügte er hinzu, »Mittagessen bitte für zwei. Ich habe einen wichtigen Kunden eingeladen.«

»Es wird um zwölf Uhr bereit sein, wie immer.«

»Mrs Liddle?«

»Ja?«

»Dieses Gezwitscher da draußen.« Er zeigte mit einer ausladenden Geste zu dem riesigen Garten jenseits der Mauer. »Es hört sich so vertraut für mich an.«

»Das sind Distelfinken. Sie haben diese Vögel bestimmt schon unzählige Male gehört.«

»Distelfinken«, murmelte Green Talbot vor sich hin.

Nach dem Frühstück machte er sich wie jeden Morgen zu Fuß auf den Weg und überquerte die große Wiese. Er zog seine Uhr aus der Brusttasche des Jacketts und sah auf das Ziffernblatt. Er war früh dran. Also flanierte er noch ein wenig zwischen den Bäumen umher und lauschte den Lauten, die aus den Baumkronen herabdrangen.

Sie hören sich wie Stimmen an, dachte er.

Er war nicht mehr der magere Junge, der den Ozean überquert hatte, noch der Soldat, der über die Erde der Normandie gerannt war, um Europa vom Krieg zu befreien. Er hatte ein paar Kilo zugelegt und sich an die Annehmlichkeiten des Daseins gewöhnt, die ein verantwortungsvoller Posten mit sich bringt. Inzwischen zog er nicht mehr mit seinem Bautrupp umher, sondern organisierte dessen Arbeit von seinem Büro aus. Eddie Winter war häufig abwesend. Er überließ es ihm, Entscheidungen zu treffen, während er seine Zeit bei Marguerite De Cœur verbrachte.

Außer Eddie hatte sie keinen anderen Mann. Und bei ihm musste es Liebe sein, hatte er sie doch schon mehrmals gebeten, seine Frau zu werden. Und jedes Mal hatte sie abgelehnt.

»Ed*die*, Ed*die*«, sagte sie dann tadelnd mit ihrem französischen Akzent, »denkst du nicht an deinen Ruf? Also wirklich, eine Frau aus einem Freudenhaus … ist wahrlich nicht für die Ehe geschaffen.«

»Aber du gehst schon seit einigen Jahren nicht mehr dieser Arbeit nach, sondern überlässt sie deinen Mädchen«, hielt der arme Eddie dagegen.

»Trotzdem werde ich immer eine von ihnen sein.«

Sie sagte es ohne jede Scham. Im Gegenteil, Marguerite war stolz darauf. Die Welt war voller Menschen, die anderen nichts zu geben hatten. Sie hingegen verkaufte ein paar Stunden des Friedens.

Im Gegensatz zu Eddie hatte Green Talbot Dutzende Frauen kennengelernt. Und er liebte jede, als wäre sie die erste und einzige Frau seines Lebens. Er ging nicht nur einmal zu ihnen. Bei jeder neuen Frau hatte er das Bedürfnis, sie wiederzusehen, sie zu berühren. Den Geschichten zu lauschen, die sie zu erzählen hatten. Und bei jeder suchte er nach etwas, was auf irgendeine Weise der Liebe ähnelte.

Deswegen buhlten Marguerites Mädchen, sobald er über die Schwelle trat, um seine Aufmerksamkeit.

Doch keiner von ihnen war es bislang gelungen, ihn für mehr als ein paar Wochen zu halten.

Eines Tages sagte Marguerite De Cœur zu ihm: »Mr Talbot, ein Mann wie Sie könnte jede Frau haben. Sie sind wohlhabend und kleiden sich elegant ...«

»Eines Tages wird die Zeit reif sein«, entgegnete er voller Überzeugung.

»Nehmen Sie es mir nicht übel, aber Sie werden es nicht bemerken, wenn es die Richtige ist, selbst wenn sie vor Ihren Augen vom Himmel fällt.«

Insgeheim wusste er, dass Marguerite nicht ganz unrecht hatte. Aber vielleicht war für ihn noch nicht der Zeitpunkt gekommen, eine Familie zu gründen. Seine Tage waren gefüllt mit Vertragsverhandlungen, Verkaufsgesprächen, Grundstückskäufen, Kundenterminen.

An jenem Morgen traf er sieben Minuten vor Arbeitsbeginn in seinem Büro ein. Unterwegs hatte er eine Zeitung gekauft, und so würde ihm gerade noch Zeit bleiben, die Schlagzeilen zu überfliegen.

Auf der Titelseite waren drei große Artikel abgedruckt. Der erste nahm seine Aufmerksamkeit gefangen.

BERÜHMTER FINANCIER PETRONIUS OIL AUF BAUUNTERNEHMERKONGRESS

Petronius Oil war einer der reichsten Männer Europas, ein Italiener, der mit Ölraffinerien ein Vermögen gemacht hatte. Petronius Oil war nicht sein richtiger Name, aber er entsprach seiner Art, Nägel mit Köpfen zu machen.

Die Natur war nicht gerade gnädig mit ihm gewesen. Er war klein und untersetzt und nahezu kahlköpfig.

Sobald er genügend Geld und Macht gehabt hatte, um Regierungen und Banken zu beeinflussen, und sich genügend Bewunderer um ihn scharten, hatte er beschlossen, seinen Namen zu ändern.

»Wenn sich das ganze Leben um einen herum geändert hat, muss man auch seinen Namen ändern!«, lautete seine Devise.

Dieser Ausspruch war inzwischen legendär und bildete auch den Schlusssatz, mit dem er sich auf Kongressen zu verabschieden pflegte.

Die Geschäftsleute vom europäischen Festland drängten zu den Veranstaltungen, auf denen er zugegen war. Alle wollten sein Geheimnis entschlüsseln. Er war zur Symbolfigur des Wiederaufbaus geworden, die man bewunderte und nachzuahmen versuchte.

Und so verschlang auch Green Talbot den Artikel begierig. Nichts auf der Welt hätte ihn davon abhalten können, an der Jahresversammlung der britischen Bauunternehmer teilzunehmen, die drei Tage darauf stattfinden sollte.

36

Er war viel zu früh dran, als er mit dem Taxi zu Eddie Winter fuhr, um ihn abzuholen.

Die Veranstaltung fand in der Villa des Finanzmagnaten Patrick Stand statt. Eines Mannes, den alle kannten und von dem man reichlich wenig wusste.

Eddie und Green ließen sich bis vor den Eingang der Villa chauffieren. Das Taxi fuhr über den Kiesweg, der einen riesigen, prachtvollen Park säumte. Im Vergleich dazu nahm sich Greens Garten äußerst bescheiden aus. Sie stiegen die ausladende Freitreppe empor, an deren oberem Absatz zwei Herren im Smoking die Gäste empfingen, die Einladungen kontrollierten und ihnen den Weg nach drinnen wiesen.

Green Talbot blickte sich um. Die Säulen des Portals waren mit Blumenintarsien verziert, und ihr Dekor fand sich an den Mauern und den zwei Balkonen wieder, die auf die Freitreppe hinausgingen.

Auf einem der Balkone sah Green Männer und Frauen, die sich unterhielten, in der einen Hand eine

Zigarette, in der anderen ein Weinglas. Eine einzelne Frau stand ans Geländer gelehnt und blickte zum Horizont. Sie hatte ein Gesicht, so fein geschnitten, wie er es noch nie gesehen hatte. Ihre Haare reichten ihr bis auf die Schultern. Sie hatte die Finger ineinanderverschränkt und hielt die Hände ein wenig vom Körper weg.

Zum ersten Mal spürte Green jenes intensive, ungekannte Gefühl, das sein tiefstes Innerstes erfüllte. Es war wie eine Faust, die immer fester zudrückte, um sich dann in Myriaden von Nadeln zu verwandeln, die ihn an sämtlichen Stellen seines Körpers zugleich stachen.

»Green, beeil dich!«, rief Eddie Winter ihm zu. »Oder willst du Wurzeln schlagen und weiter den Himmel anstarren?«

Plötzlich erinnerte sich Green Talbot wieder, warum er da war. Er lief die Treppe hinauf zu Eddie, der bereits oben auf ihn wartete, und zeigte einem der beiden Herren im Smoking seine Einladung. Dabei bemerkte er nicht, dass auch die junge Frau einen Augenblick lang aus ihren Gedanken gerissen wurde und den Mann mit den grünen Augen betrachtete, der beide Brusttaschen absuchte, um schließlich aus einer die Einladung herauszufischen. Sein Benehmen war merkwürdig und erinnerte an das eines Kindes. Als er in der Villa verschwand, wandte sie sich wieder der Betrachtung des Horizonts zu.

An die tausend Besucher nahmen an dem Kongress teil. Pünktlich zu der auf der Einladung angegebenen Uhrzeit betrat durch eine der hinteren Türen der berühmte Petronius Oil den Saal. Er kletterte auf die kleine Bühne, die für diesen Anlass aufgebaut worden war, und begann mit starkem italienischem Akzent seine Rede.

»Verehrte Herren«, sagte er. »Ich danke meinem lieben Freund Patrick Stand für die Einladung und Ihnen allen für Ihr Kommen.«

Aus der Mitte des Saals rief jemand: »Bravo, Oil!« und eröffnete einen langen Applaus, in den sämtliche Anwesenden einfielen.

»Europa hat endlich diesen albtraumartigen Krieg überwunden. Nur wenige Jahre vor seinem Ausbruch begann die Geschichte von Industrie Oil. Viele von Ihnen wissen, dass ich bis vor fünfzehn Jahren ein einfacher Trödler war. Mit einem Handkarren zog ich von Haus zu Haus und sammelte das Zeug ein, das die Leute nicht mehr brauchten.«

Green Talbot war verblüfft von der unverblümten und gleichzeitig eindringlichen Redeweise dieses Mannes.

»Eines Tages hob ich auf meinem Grundstück eine Grube aus, um einen Brunnen zu bauen. Es ging die Rede, dass es Wasser auf diesem Grund gäbe. Doch stieß ich nicht auf Wasser, wie ihr alle wisst.

Ich erinnere mich, wie ich einen schwarzen, öligen Fleck erblickte und dachte, mich trifft der Schlag. In diesem Moment wusste ich noch nicht, dass ich bald in Geld schwimmen würde.«

Ein Raunen ging durch den Saal. »Öl! Öl!«

»Genau, Öl. Fragt mich nicht, warum zum Teufel ausgerechnet auf meinem Grund. Das Vorkommen reichte zwar nur wenige Jahre, doch sah ich, Petronius Oil, in dieser Entdeckung meine Zukunft.« Er machte eine Pause. »Benzin!«

Tosender Applaus brandete auf.

Dann erzählte er, wie es ihm während des Krieges gelungen war, seine erste Raffinerie zu errichten, der bald weitere folgten. Mit Benzin bewegte sich inzwischen die ganze Welt, und Benzin wäre der Treibstoff der Zukunft.

Trotz allem hatte er beschlossen, das Hauptquartier seines Firmenimperiums in seinem kleinen Dorf zu belassen. Petronius Oil war ein Nostalgiker und fühlte sich nun einmal nur in Vallina zu Hause, wo er geboren war.

In Vallina, so erzählte er weiter, näherten sich die beiden größten Flüsse des Landes einander an und berührten sich beinahe, ehe jeder seinen eigenen Weg zum Meer fortsetzte. Er liebte es, in der Nähe eines Flusses zu leben und den Geruch des Meeres zu schnuppern, der aus der Ferne heranwehte.

Kurz nach dem Krieg hatte er seine Geschäftsaktivitäten in den Norden ausgedehnt, bis nach England. Er legte dar, wie er die Gewinne seiner Raffinerien in Dutzende anderer Geschäftszweige investiert und alles, was er anfasste, zu Gold gemacht hatte.

Nach etwa zwanzig Minuten hörte Talbot nicht mehr zu.

Die junge Frau, die er zuvor auf dem Balkon gesehen hatte, saß in der ersten Reihe. Sie trug ein langes Kleid. Auch sie schien nicht auf die Veranstaltung konzentriert zu sein. Sie hielt das Gesicht die meiste Zeit zur Decke gewandt und ließ nur hin und wieder den Blick über die Bilder an den Wänden schweifen.

Er starrte sie unverwandt an, seine ganze Aufmerksamkeit war auf sie gerichtet. Wie gern er jetzt ihren

Geruch wahrgenommen hätte. Er hörte, wie sich seine Muskeln bewegten, kleine Kontraktionen; es gelang ihm, bewusst dem eigenen Atemfluss zu lauschen. Nach und nach hörte er auch das Knirschen vom Knie seines Nachbarn, wenn dieser sich bewegte, um die Beine zu strecken, das Rascheln von Stoff, als ein Herr in einer anderen Reihe die Hand in die Hosentasche schob, um ein weißes Taschentuch hervorzuziehen und sich zu schnäuzen.

Der Bereich seiner Sinneswahrnehmungen weitete sich bis zu den vorderen Reihen aus, bis zur ersten Reihe, diesen Haaren, die bis auf die Schultern reichten. Er nahm wahr, wie sie sich in der Luft bewegten. Spürte die Haut an ihrem Hals, die keinen Laut verursachte.

Plötzlich drehte sich die junge Frau um, als hätte sie jemand angestupst. Ihr Blick blieb ein paar Sekunden an den grünen Augen des jungen Mannes hängen, den sie bereits vom Balkon aus gesehen hatte. Es war, als wollten sie sie ausziehen. Dann kam sie offensichtlich zu dem Schluss, dass dies nur Einbildung gewesen sei, und drehte sich wieder um.

»Ich muss sie unbedingt kennenlernen«, flüsterte Green Eddie Winter zu.

Der war so gefangen von Petronius Oils Rede und dem Wunsch, dessen Geheimnis zu ergründen, dass er ihn gar nicht hörte.

»Eddie, ich muss sie kennenlernen!«

Eddie sah verärgert zu ihm herüber.

»Was ist denn, Green.«

»Das Mädchen in der ersten Reihe.«

Green deutete mit der Hand in ihre Richtung.

»Die schlag dir mal aus dem Kopf, Junge. Die ist nichts für dich.«

»Da bin ich anderer Meinung.«

»Sie ist die Tochter von Petronius Oil!«, erklärte Eddie. »Er tut keinen Schritt ohne sie. Außerdem hat er schon Heerscharen von Bewerbern abgewiesen.«

»Ich werde mich trotzdem nicht entmutigen lassen.«

»Die Kugeln, Green. Die Kugeln haben bislang noch jeden entmutigt.«

Und Eddie erzählte ihm von den Gerüchten, die über die zahlreichen Anwärter auf die Hand von Petronius Oils Tochter im Umlauf waren. Keiner von ihnen hatte länger als eine Woche standgehalten. Und zwei, die besonders hartnäckig gewesen waren, hatten sich scheinbar in Luft aufgelöst, jedenfalls waren sie seither spurlos verschwunden.

»Das sind Italiener, Green. Leute, die selbst beim Frühstücken die Pistole dabeihaben.«

Green dachte, dass auch er zur Hälfte Italiener war und ihm das die Sache etwas leichter machen würde. Er hatte gehört, wie verrückt diese Leute waren. Es hieß, sie seien noch verrückter als die Franzosen.

Als die Konferenz zu Ende war, hatte er jedoch keine Chance, sich der Tochter von Petronius Oil zu nähern, und musste Eddie wohl oder übel zum Ausgang folgen. Der Großteil der Anwesenden drängte sich um den Magnaten, um ihm die Hand zu schütteln und ihn mit Komplimenten zu überhäufen, als könnte allein durch die Berührung dieses Mannes ein wenig von dessen Geschäftssinn auf sie überspringen.

Doch bald wurde Petronius Oil dieses Rituals überdrüssig, ergriff den Arm seiner Tochter, hob in einer gewandten, beiläufigen Abschiedsgebärde die Hand und verschwand durch dieselbe Tür, durch die er hereingekommen war.

37

Am folgenden Morgen besuchte Green Talbot mehrere Baustellen, ehe er ins Büro weiterfuhr. Die Sekretärin reichte ihm eine Liste von Personen, die ihn hatten sprechen wollen.

Green nahm sie entgegen und überflog sie geistesabwesend.

Stanley Corgan, Anruf 9 Uhr
Rufus Clerk, Anruf 9 Uhr 12
Benjamin McDry, Anruf 9 Uhr 17
Javier Stank, Besuch im Büro, 9 Uhr 23, kommt um 16 Uhr wieder
Loraine Vanadieu, Anruf im Namen ihres Mannes, 9 Uhr 28
George Leichester, Besuch im Büro 9 Uhr 41, bittet um Rückruf
Patrick Roth, Anruf 9 Uhr 42
Jimmy Del Vento, Besuch im Büro 9 Uhr 46, weggeschickt

Die Liste war noch länger, aber Green las nicht weiter.

»Jimmy Del Vento«, sagte er.

»Er wollte unbedingt mit Ihnen reden, ohne mir einen Grund zu nennen. Obwohl ich ihm gesagt habe, er solle später noch einmal vorbeischauen, ist er über eine Stunde hiergeblieben, um auf Sie zu warten. Da war nichts zu machen.«

»Und wo ist er jetzt?«

»Ich habe ihm gesagt, dass er nicht den ganzen Morgen hier herumsitzen kann, und habe ihn hinausbegleitet. Er wollte partout nicht gehen, stellen Sie sich das mal vor.«

»Aber was hat Sie denn so daran gestört, dass ein armer alter Mann auf einem Stuhl sitzt und wartet?«

»Ich habe nur die Anweisungen befolgt, Mr Talbot. Nummer vier: ‚Jeder, der bei der Arbeit im Weg ist, muss aus dem Büro entfernt werden.'«

Green Talbot konnte seinen Unmut nicht verhehlen.

»Und von wem stammen diese Anweisungen, Miss Crumble?«

»Von Ihnen«, lautete die Antwort.

Er konnte sich nicht erinnern, jemals dergleichen gesagt zu haben, hätte es aber nicht beschwören können. Sein Kalender quoll über vor Terminen, er musste an so vieles denken und alles Mögliche organisieren, dass er Miss Crumble eingestellt hatte, um ein wenig Ordnung in seinen Büroalltag zu bringen. Nicht selten vergaß er Dinge, die er getan oder gesagt hatte, doch Miss Crumble entging nichts. Sie hatte ein hervorragendes Gedächtnis.

»Er hat seine Adresse dagelassen. Außerdem hat er etwas über einen Heißluftballon gesagt und dass er nur eine Woche in London bleibt.«

»Ihm habe ich diesen Job zu verdanken«, erklärte Green, doch sie schien ihn schon nicht mehr zu hören.

»Er wohnt in der Oblivion Street Nummer 61. In einer Pension namens Old Circle. Sie können ihn dort besuchen, wenn Sie wollen.«

Green Talbot nahm den Zettel mit der Adresse und verabschiedete sich von Miss Crumble. Er trat ins helle Licht dieses Londoner Vormittags hinaus und fuhr mit dem Taxi zur Oblivion Street.

Das Old Circle war eine alte, baufällige Pension mit bröckelnden Steinmauern und morschen Balkonen.

An der Rezeption saß ein Mann, der in die Lektüre einer Sportzeitung vertieft war. Als die Tür aufging, ließ er die Zeitung ein wenig sinken und blickte über deren Rand zum Eingang.

»Kann ich Ihnen helfen?«

»Ich suche jemanden.«

Er nannte dem Mann hinter dem Tresen seinen Namen.

Der Mann schlug ein in schwarzes Leder gebundenes Register auf und blätterte die Seiten durch.

»Ja, er wohnt bei uns.« Er nahm den Telefonhörer und wählte eine Nummer. Während er es klingeln ließ, fragte er: »Und Sie sind Mr ...?«

»Talbot.«

Er sprach ein paar Worte, dann legte er den Hörer auf die Gabel zurück.

»Er kommt in zehn Minuten herunter. Er sagt, er habe seit fast fünf Jahren auf Sie gewartet.«

38

Sie setzten sich in ein Café und bestellten etwas zu trinken. Jimmy Del Ventos Gang war inzwischen eine gewisse Müdigkeit anzumerken. Green Talbot wusste nicht, wie alt sein Freund war, doch er musste schon ziemlich betagt sein.

Die Kellnerin servierte ihnen zwei dampfende Tassen Tee. Ehe sie zu einem anderen Tisch ging, um die Bestellung aufzunehmen, warf sie einen bewundernden Blick auf Greens Armbanduhr.

»Es wird Zeit, dass ich dir für all das danke, was du für mich getan hast«, sagte Green zu Jimmy Del Vento.

Jimmy zündete sich seine Pfeife aus dunklem Holz an. Er tat es mit einer so bedächtigen Geste, als hätte er sie hunderte Male einstudiert.

»Ich dachte schon, du würdest nicht mehr kommen, und ganz unrecht hatte ich mit meiner Befürchtung ja nicht. Hätte ich geahnt, wohin dich diese Arbeit führt, hätte ich dich niemals Eddie Winter vorgestellt. Wir leben in dunklen Zeiten, Green, in denen man sich leicht verirren kann.«

»Aber mir geht es ausgezeichnet bei Eddie. Ich liebe meine Arbeit und verdiene so viel Geld wie nie zuvor.«

»Eben.«

Green Talbot verstand die Anspielung nicht, schob es aber darauf, dass Jimmy schon ziemlich alt war, und man wusste ja, dass alte Menschen dazu neigten, dummes Zeug zu reden. Dennoch war er froh, wieder mit ihm zusammenzusitzen. Fünf Jahre zuvor hatte er vor dem Nichts gestanden, und wäre er nicht jenem Zug begegnet, und damit Jimmy, wäre er mit hoher Wahrscheinlichkeit noch immer ein ehemaliger Soldat ohne Anstellung.

»Du warst müde, hattest aber diesen Glanz in den Augen, daran erinnere ich mich noch gut. Die ganze Zugfahrt über hast du mir von deinem interessanten Leben erzählt.«

Green fragte sich, was an seinem damaligen Leben so interessant gewesen sein sollte. Nach dem Tod seiner Eltern war er nach Amerika gegangen, um sein Glück zu suchen. Er hatte sich auf einem Dampfer eingeschifft und war nach New York gelangt, wo er in einem Porzellanladen gearbeitet hatte. Wäre der Krieg nicht dazwischengekommen, wäre er womöglich noch immer dort.

»Im Zug habe ich dir etwas versprochen, erinnerst du dich? Dass ich dich mit in die Luft nehmen würde, bevor der letzte Heißluftballon von der Erde verschwindet. Sieh mal, ich weiß nicht, wie lange diese Wunderwerke noch in der Luft zu sehen sein werden.

Für mich jedenfalls wird es nur noch einen Ballon geben. Nächste Woche werde ich mit der Reparatur fertig sein. Ich habe jetzt zu viele Jahre auf dem Buckel, und es ist an der Zeit, anderen die Arbeit zu überlassen.«

Ein wehmütiger Ausdruck lag in Jimmy Del Ventos Augen. Green bemerkte ein zunehmendes Leuchten darin. Doch nachdem Jimmy mehrmals geblinzelt hatte, erlosch es, als wolle er verhindern, dass Green es bemerkte.

Nach allem, was Jimmy für ihn getan hatte, war er es ihm zumindest schuldig, ihn auf der Fahrt mit seinem letzten Heißluftballon zu begleiten. Außerdem wäre dies eine hervorragende Ablenkung von seinen vollgepackten Tagen, die seit vier Jahren im immergleichen Rhythmus dahinrasten.

Jimmy wollte noch etwas zu ihm sagen, doch Greens Aufmerksamkeit wurde plötzlich von der Titelseite einer Tageszeitung in Anspruch genommen, die auf dem Nebentisch lag. Er streckte die Hand aus und holte sie herüber. Die Titelzeile lautete:

KONFERENZ VON PETRONIUS OIL ERFOLGREICH ZU ENDE GEGANGEN

Ein Foto zeigte Petronius zusammen mit seiner Tochter. Die Bildunterschrift lautete:

Der Industriemagnat Petronius Oil mit seiner Tochter Eleonora.

»Sie heißt Eleonora.«

»Von wem sprichst du?«, fragte Jimmy und runzelte die Stirn.

»Von ihr«, sagte Green und zeigte ihm das Foto auf der Titelseite der Zeitung. »Ich habe sie gestern beim Kongress gesehen.«

Jimmy Del Vento zog die Zeitung zu sich heran und überflog die ersten Zeilen des Artikels.

»Ich werde sie kriegen, Jimmy.«

Ein paar Sekunden später blickte dieser von der Zeitung auf.

»Und ich glaube, dass du sie nicht kriegst. Hier steht, dass sie heute nach Italien zurückgereist ist.«

Green Talbot spürte, wie die gleichen Empfindungen auf ihn einstürmten wie in dem Moment, als er sie auf dem Balkon erblickt hatte. Doch diesmal ging es mit einem bitteren Gefühl des Verlustes einher.

Italien war so weit weg.

Dann betrachtete er Jimmy Del Ventos Stirn über dem Zeitungsrand. Er schob die Zeitung ein wenig herunter, um dessen ganzes Gesicht sehen zu können.

»Jimmy, wie weit kann ein Heißluftballon fliegen?«

»Weiter, als du dir vorstellen kannst.«

»Das wollte ich hören«, sagte Green nach einer Weile, und seine Augen glänzten wie lange nicht mehr.

39

Eddie Winter vermochte es nicht zu fassen. Wie konnte Green nur seine Arbeit aufgeben und eine solche Reise wagen? Doch dann kam ihm Marguerite in den Sinn. Hätte sie sich in einem fernen Land aufgehalten, wäre er ebenfalls zu ihr aufgebrochen.

Er erklärte sich bereit, Green zu helfen, indem er Erkundigungen über Mr Oil einholte.

»Welche Art von Informationen brauchst du?«, fragte ihn Eddie.

»Alles, was sich irgendwie als nützlich herausstellen könnte.«

Eddie Winter tätigte verschiedene Anrufe. Er verfügte über vielfältige Kontakte in der Geschäftswelt. So gelangte er an weitere Telefonnummern, die er ebenfalls wählte.

»Dieser Petronius Oil ist ein merkwürdiger Mann«, sagte er ein paar Tage später zu Green. »Scheint, als lebte er am liebsten abgeschottet in seiner ganz eigenen Welt. Seine Frau hat ihn vor dem Krieg wegen eines

Bäckers verlassen. Es heißt, sie sei seiner Spleens überdrüssig gewesen, vor allem seiner Zirkusbesessenheit. Scheint auch, dass er in seinen Jahren als Trödelhändler mehrmals drauf und dran war, mit den Zirkusleuten durchzubrennen, wenn gerade mal wieder ein Zirkus in der Gegend seine Zelte aufgeschlagen hatte. Und als er erzählte, dass er beim Graben auf seinem Grundstück auf Öl gestoßen sei, dachte seine Frau wohl, dass er vollends verrückt geworden sei, und verließ ihn. Das war wahrscheinlich die einzige Niederlage seines Lebens. Was den Rest anbelangt, so dürfte das meiste bekannt sein: Er hat mit den Raffinerien ein Vermögen gemacht und wohnt noch immer am selben Ort. Manche sagen, er hänge sehr an seinem Land, wieder andere halten ihn für einen abergläubischen Menschen. Er hat nie ein Geheimnis daraus gemacht, dass, wenn es nach ihm geht, alles beim Alten bleibt. Kurz und gut, er erträgt keine Veränderungen. Seit seine Frau ihn verlassen hat, fährt er nie ohne seine einzige Tochter weg und hat keinerlei Absicht, sie jemandem zur Frau zu geben.

Weißt du«, fuhr Eddie nach einer kurzen Pause fort, »ganze Heerscharen von Verehrern haben bereits um ihre Hand angehalten, doch er hat sie alle abgewiesen. Zwei sind wie vom Erdboden verschluckt, wie ich dir bereits erzählt habe. Und zwar nicht irgendwelche Verehrer, Green. Es waren die zwei hartnäckigsten. Es heißt im Übrigen auch, dass sich das Mädchen nichts aus Männern macht. Sie ist merkwürdig, vielleicht sogar noch merkwürdiger als ihr Vater. Wenn du einen Rat willst, so würde ich mir an deiner Stelle die Sache aus dem Kopf schlagen. Es kommt bestimmt nichts Gutes dabei heraus.«

Green Talbot grübelte über das, was Eddie ihm über Mr Oil berichtet hatte.

»Sonst noch was, Eddie?«

»Ja, da ist noch etwas. Egal wohin seine Reisen ihn auch führen, versäumt er es nie, eine Vorstellung zu besuchen, wenn gerade ein Zirkus in der Nähe gastiert.«

»Und was noch?«, fragte Green, der sich jedes von Eddies Worten einprägte.

»Das ist wohl alles ... Aber glaubst du, dass dir diese Informationen nützlich sein können?«

»Sie werden mir eine große Hilfe sein«, erwiderte Green.

Er verabschiedete sich rasch von Eddie, und der blickte ihm nach, wie er vor sich hinsummend das Büro verließ, ohne dass er ihm gesagt hätte, wohin er ging. Seit einer Woche schien er sich überhaupt nicht mehr für die Arbeit zu interessieren, und Eddie musste die Aufgaben des jungen Mannes mit erledigen. Aber er war überzeugt, dass er sich diese fixe Idee bezüglich Petronius Oils Tochter bald wieder aus dem Kopf schlagen würde.

Green traf Jimmy Del Vento im Hangar beim Reparieren des Ballons an, mit dem er zu seiner letzten Fahrt aufbrechen würde. Seine Farben waren so grell, dass sie ihn förmlich blendeten.

»Hallo«, sagte Jimmy, als er ihn erblickte. »Der Ballon ist demnächst startbereit. Ich habe mir allerdings die Wetterkarte angesehen. Um einen günstigen Wind zu erwischen, müssen wir unsere Abreise um eine Woche verschieben.«

Eine Woche war keine besonders lange Zeit, dachte Green, so lange würde er sich gedulden können.

»Mir schwant, das wir noch ganz schön was erleben werden«, sagte Jimmy. »Weißt du, ich habe immer gehofft, dass meine letzte Reise lange dauert.« Er machte eine Pause und deutete dann mit dem Finger auf Greens Mund. »Lass es dir gesagt sein, ohne Schnurrbart siehst du wesentlich besser aus.«

»Dann ist es ja gut, dass ich ihn abrasiert habe«, sagte Green und befühlte mit zwei Fingern die glatte Stelle zwischen Nase und Oberlippe.

Während er mit Jimmy sprach, meinte er die gleiche dunkle Präsenz zu spüren wie Jahre zuvor bei seiner Atlantiküberquerung kurz vor Erreichen des Omaha Beach und auch an manchen Wintertagen nach dem Krieg, die er im Gasthof von Palomar Almirante verbracht hatte.

»Hallo!«, rief Jimmy und riss ihn aus seinen Gedanken. »Gib mir den da bitte mal rüber.« Er deutete auf einen aufgewickelten Haltegurt, der auf einer Werkbank lag.

»Ich habe Informationen über Petronius Oil eingeholt!«

»Und, was hast du herausgefunden?«, fragte Jimmy, der gerade einen Lötkolben in der Hand hielt und eine Schnur zwischen die Zähne geklemmt hatte, sodass seine Aussprache verzerrt klang.

»Er ist abergläubisch und ein großer Zirkusfan.«

»Nicht gerade viel, würde ich sagen.«

»Dann werden wir eben viel daraus machen!«, entgegnete Green, der den schlaff daliegenden farbenfrohen Ballon betrachtete.

Seit einigen Tagen war er in seiner Begeisterung nicht mehr zu bremsen. Seit er seine Aufgaben Eddie Winter überlassen hatte, blieb ihm genügend Zeit, sein früheres Leben Revue passieren zu lassen – sich an das zu erinnern, was er getan hatte, bevor er Soldat geworden und nach London gekommen war. Die Nachmittage, die er mit seinem Vater im Wald verbracht hatte, kamen ihm wieder in den Sinn.

Inzwischen war es Frühling geworden, an den Bäumen sprossen frische grüne Blätter, und es wurde von Tag zu Tag wärmer.

Jimmy Del Vento arbeitete mit der Ausdauer eines Zwanzigjährigen.

»Ich stamme aus einem Ort namens Tranquillity«, erklärte Green plötzlich, als sei ihm jetzt erst die Antwort auf die Frage eingefallen, die Jimmy ihm fünf Jahre zuvor gestellt hatte. »Du hast mich damals im Zug danach gefragt, erinnerst du dich?«

Jimmy Del Vento lächelte verständnisinnig.

»Aber ich habe nur noch eine verschwommene Erinnerung an meinen Heimatort.«

»Lass uns auf unserer Reise darüber reden. Ich muss jetzt noch einiges erledigen.«

Damit wandte sich Jimmy, nach einem letzten Kopfnicken zu Green hin, wieder seinem Ballon zu, während dieser sich dem Eindruck der einbrechenden Dämmerung und der würzigen Düfte überließ, die die Luft erfüllten.

40

Sie hatten die Abreise auf den Mittwoch darauf festgesetzt. An diesem Tag wehte ein leichter Wind in Richtung Süden. Am Abend zuvor hatte sich Green von Eddie Winter verabschiedet. Mit einem kräftigen Händedruck, wie er unter Männern üblich ist. Sie sahen sich an, ohne sich etwas von dem zu sagen, was sie sich gern gesagt hätten.

»Hoffe, du wirst deinen Weg finden.«

»Er lag schon immer vor mir, Eddie, ich muss ihn nur gehen.«

»Hier wird stets ein Platz für dich sein. Das weißt du, nicht wahr?«

Green Talbot dankte es ihm mit einem Lächeln.

»Marguerite. Wirst du sie heiraten?«, fragte er, ehe er die Tür des Büros hinter sich schloss, um ein letztes Mal in sein Londoner Haus zurückzukehren.

»Mir kommt es vor, als hätte ich es längst getan.«

In dieser Nacht tat Green kein Auge zu. Er hörte die Geräusche von draußen durch die Fensterritzen dringen und sich mit der Stille des Zimmers vermischen.

Beim ersten Morgengrauen stand er auf. Er musste noch packen. Nicht mehr als einen kleinen Beutel mit wenigen Kleidungsstücken.

Jimmy Del Vento erwartete ihn auf dem großen Platz vor dem Hangar. Daneben der in Hunderten Farben schillernde Ballon, dessen Luft gerade mithilfe eines Brenners erhitzt wurde.

»Wird Zeit, dass wir aufbrechen«, sagte Jimmy. In seinem Blick stand eine jungenhafte Ungeduld zu lesen.

Sie stiegen in den Korb und machten es sich bequem. Jimmy warf die Sandsäcke hinaus, deren Gewicht den Ballon auf der Erde hielt, und schon begann dieser, sich in die Luft zu erheben.

Green blickte zum Horizont jenseits der Stadt.

»Na, wie ist die Welt so von oben?«, fragte Jimmy, als sie in Höhe der Dächer schwebten.

»Klein.«

Der Heißluftballon ließ London hinter sich, und zwei Tage später überflogen die beiden bereits Frankreich.

»Ich werde sie gemeinsam mit ihr erkunden«, sagte Green, doch kaum hatte er dies gesagt, sah er sich beunruhigt nach allen Seiten um.

Wieder diese eigenartige, dunkle Präsenz. Aber er konnte nichts weiter als das Pfeifen des Windes ausmachen.

Ich muss mich wohl getäuscht haben, dachte er.

Doch als er zu Jimmy Del Vento hinübersah, gewahrte er auf Höhe von dessen Schultern in der Ferne einen kleinen schwarzen Punkt, der auf sie zuschwebte.

Jimmy drehte sich mit der Langsamkeit eines in die Jahre gekommenen Heißluftballonbauers um und blickte in dieselbe Richtung wie Green.

»Hehehe«, kicherte Jimmy. »Ich glaube, der Moment ist gekommen, um euch miteinander bekannt zu machen.«

Er legte zwei Finger an die Lippen und holte so tief Luft, wie er konnte, um dann einen lang gezogenen Pfiff auszustoßen.

»Fituuuuu-freeeek.«

Der schwarze Punkt bewegte sich schneller, bis er sich in eine dunkle Gestalt verwandelte und schließlich zu einem hässlichen Tier mit schwarzem Gefieder wurde, das plump mit den Flügeln schlug. Es vollführte einige Pirouetten und ließ sich dann auf dem Korbrand nieder. Green Talbot sah zu, wie es auf seinen Krallen hin- und herrutschte, um eine stabile Position zu suchen.

Das hässliche, schwarz gefiederte Tier wandte sich an Green.

»Kre-aak.«

»Er sagt, dass es ihm ein Vergnügen sei, deine Bekanntschaft zu machen.«

Green Talbot sah Jimmy Del Vento verdattert an.

»Du verstehst, was er sagt?«

»Man braucht im Grunde nur ein bisschen Übung.«

»Greeee-enk Tu-albuook«, sagte das hässliche, schwarz gefiederte Tier.

So sehr sich Green auch anstrengte, konnte er nur ein unverständliches Gekrächze ausmachen.

»Greeee-enk Tu-albuook. Niek brauk Hirnek. Kraak.«

»Er sagt, du musst dein Gehirn ausschalten, um seine Worte zu verstehen.«

Green betrachtete das hässliche, schwarz gefiederte Tier und deutete ein leichtes Nicken an. Dann neigte er versonnen den Kopf zur Seite.

In seinem Innern begann sich der Nebel zu lichten, und Erinnerungen an sein früheres Leben tauchten vor seinem inneren Auge auf. Ein kleines Dorf, in dem alles stillzustehen schien. Sein Vater, der ihm den Wald erklärte. Gelbe Augen, die ihn aus dem Dickicht anstarrten. Die kleine Kathy Almery, schön wie die Hoffnung. Der Bäcker und der Bürgermeister Ray Wonder. Seine Mutter, als sie zu sprechen aufhörte. Die Distelfinken. Jerry Spears, die Möwe Banjeseiro, Kapitän Marlow, Evelyn, die er nie vergessen hatte. All diese Menschen waren nicht mehr nur verschwommene Figuren im Hintergrund.

»Du sähr ruhig, sähr ruhig«, krächzte das hässliche Tier mit dem schwarzen Gefieder.

Green tauchte aus seiner Gedankenversunkenheit auf und war wieder Herr seiner selbst. Mit einem Mal verstand er auch, was das Tier ihm sagen wollte.

»Ich stelle dir offiziell meinen lieben Freund vor, den Raben Kraak«, sagte Jimmy und streckte eine Hand nach dem Vogel aus.

»Kraak«, sagte Green.

Der Rabe nickte mehrmals zustimmend.

»Ich dir fuolgen, seit du auf gruooßem Schiff gewäsen, dann auf Strand im Krieg und bei deine Freund, dem Wirt. Du so verloren, ich dir fuolgen. Jimmy kennenlernen, nach Ankunft gruoße Bahnhof London.«

Green wollte ihn fragen, wie es kam, dass er unter all den verlorenen Menschen auf der Welt ausgerechnet ihm gefolgt war, doch der Raabe Kraak kam ihm zuvor.

»Meinem Freund und Lährer versprochen, kraak.«

»Lehrer?«

»Er gruoß, viel gruößer als alle, gruoßer Akrobat und weiser Lährer. Er Kraak beibringen, dass man gruoße Leben findet, wenn man über kleine Leben von Raben hinausblickt. Er alle Vögel lähren, die lernen wollen, kraak. Er sagt, du gruoße Freund von ihm.«

Greens Augen begannen zu leuchten.

»Banjeseiro!«

»So heißen er, ja.«

Green Talbot spürte, wie ihm ein Schauer über Rücken und Arme lief.

»Wie hast du ihn kennengelernt? Und wo? Wie geht es ihm?«, fragte er ungeduldig.

»Er lebt in Puortugal. Lährt uns Vögel Dinge über Welt. Er viel reisen. Ich Orte kennenlernen, die niemand kennen.«

In Portugal.

Nach all den Jahren dachte Green noch immer mit Zuneigung und Wehmut an Banjeseiro. Vielleicht war sein alter Freund inzwischen tatsächlich zum größten Vogel der Welt geworden.

41

Nach etlichen Reisetagen gelangten sie in Italien an. Es wurde auch Zeit, denn allmählich ging ihr Proviant zur Neige, und ihre Müdigkeit machte sich immer stärker bemerkbar.

Sie redeten viel und ließen kaum ein Thema aus. Jimmy Del Vento war guter Laune. Seine letzte Reise war genau so, wie er sie sich immer erträumt hatte. Er machte sie in Begleitung eines Freundes und vor allem: Sie dauerte lange. Green hörte sich die Geschichten des Raben Kraak an und ließ sich erzählen, wie er Banjeseiro begegnet war.

»Kraak Raabe wie alle Raaben. Auf Bäumen und in Parks geläbt in Wladiwostok. Parkleben langweilig. Eines Tages Menschenstimmen redet von seltsamer Möwe, der Akruobat in Hafen von Wladiwostok. Kraak sofort zu Hafen fliegen. In Hafen sieht Möwe, sehr akruobatisch. Ich ihn sähr gut kennenlernen, und er beschließt, mir die Sachen der Welt beibringen. So fliegt

Kraak nach Puortugal und lernt und wird Assistent von Banjeseiro.«

Eine Woche ehe der Heißluftballon fertig war, hatte sich der Rabe Kraak auf den Weg gemacht, versorgt mit den wenigen Informationen, die Jimmy Del Vento ihm über Petronius Oil geliefert hatte. Es war ihm, wenn auch unter großen Mühen, gelungen, einen Zirkus ausfindig zu machen, der auf dem Weg nach Italien war. Eine Karawane aus Zirkuswagen.

Zirkusleute beherrschen nicht selten die Sprachen der unterschiedlichsten Tiere, und so fiel es Kraak nicht schwer, sich verständlich zu machen. Der Zirkusdirektor, ein Mann, der nur noch Haut und Knochen war und in der Mitte seines Schädels ein spärliches Haarbüschel hatte, hörte ihm zu, während er von den Wechselfällen seines Lebens und von den Abenteuern der Möwe Banjeseiro erzählte und in kurzen Worten Green Talbots Situation schilderte.

Und so ließ sich Harold Flint, so hieß der Zirkusdirektor, zur Mithilfe überreden. Gleich nach der Vorführung, die seine Truppe vor den Toren Bolognas gab, würde er sich auf den Weg machen, um den jungen Mann bei seinem Wagnis zu unterstützen. Nicht zuletzt weil er hoffte, dem berühmten Petronius Oil, von dessen grenzenloser Zirkusleidenschaft er gehört hatte, ein ordentliches Bündel Banknoten abzuknöpfen.

Der Heißluftballon hielt nun Kurs auf die Adria, und in wenigen Stunden würden sie Vallina erreichen. Doch zuerst landeten sie in der Nähe des großen Zeltes, das die Zirkustruppe gerade wieder abbaute.

Der Platz war bevölkert von Lastwagen, Wohnwagen und verschiedenen kleineren Zelten. Ein Jongleur übte mit brennenden Fackeln. Ein Riese von einem Mann saß in einer überdimensionalen Wanne, aus der bei jeder seiner Bewegungen das Wasser über den Rand schwappte. Hinter ihm stand ein schmächtiges Männchen mit länglichem Gesicht, das ihm mit einem gigantischen Schwamm den Rücken wusch.

»Guten Tag«, sagte das schmächtige Männchen, als es Green kommen sah.

»Hallo«, erwiderte Green.

»Sie müssen Green Talbot sein, den Erzählungen Ihres kleinen schwarzen Freundes nach.«

»Das bin ich«, sagte Green Talbot und bot ihm die Hand zum Gruß.

»Harold Flint. Entschuldigen Sie, wenn ich Ihre Hand nicht ergreife.« Er näherte seinen Mund Greens Ohr und sprach im Flüsterton weiter. »Das hier ist der speckige Clown Frick, die Attraktion unseres Zirkus. Er wird schnell wütend, wenn jemand ihn bei seinem Bad stört. Denken Sie nur, er verlangt, vom Zirkusdirektor persönlich eingeseift zu werden.«

Green Talbot sagte sich, dass es natürlich nicht in Frage kam, den speckigen Clown Frick zu stören, und ging weiter.

»Morgen bei Sonnenaufgang werden wir aufbrechen!«, rief ihm der Direktor nach.

Green Talbot kehrte zu Jimmy Del Vento zurück, der sich mit zwei schwarz gekleideten Herren über aerostatische Ballons unterhielt. Ihre Gesichter waren hinter Masken verborgen, und an ihren Rücken waren zwei künstliche Flügel befestigt.

»Die beiden treten als Raben auf«, erklärte Jimmy Del Vento Green. »Sie verstecken sich im Publikum und springen mitten in der Vorführung auf und fangen zu krächzen an. Hähä, stell dir mal das Gekreische der Zuschauer vor.«

»Armes Bild von Raaben, das Zirkusmenschen abgäben«, ergänzte Kraak krächzend.

Als er den speckigen Clown Frick abgeschrubbt hatte, trat der Zirkusdirektor zu der Gruppe. Er führte seine Gäste über das Gelände, zeigte ihnen die Wildkatzen, darunter Kuriositäten wie gefleckte und weiße Tiger sowie eine äußerst rare Spezies, den lilafarbenen Tibet-Tiger. Als Nächstes ging er mit ihnen zu den Käfigen mit den fliegenden Affen, um anschließend dem Zwergelefanten Taddeo einen Besuch abzustatten.

»Schaut mal, was er mit den Früchten macht, das muss man gesehen haben!«

Er nahm aus einer Kiste in der Nähe zwei Bananen, vier Äpfel und zwei Birnen und warf sie dem Dickhäuter Taddeo zu, der das Maul öffnete und scheinbar alles auf einmal verschlang. Kurz darauf hob er den Rüssel, schüttelte ihn ein paar Mal ganz schnell auf und ab, dann schwang er ihn nach links und wieder nach oben, während er ihn gleichzeitig aufrollte, um ihn dann in Richtung der ausgestreckten Rechten von Harold auszufahren und eine Banane, zwei Äpfel und eine Birne daraufzulegen, jedes Teil makellos geschält.

»Er behält die Hälfte der Ration für seine Arbeit, aber das zahlt sich aus: Seit er bei uns ist, essen die Kinder mehr Obst. Sie brauchen Vitamine, damit sie groß und stark und gute Akrobaten werden!«

Green Talbot und Jimmy Del Vento verbrachten die Nacht im hinteren Teil eines Wohnwagens, während der Rabe Kraak zu seiner eigenen Verwunderung bis zum Morgengrauen mit den zwei schwarz gekleideten Herren plauderte. Die beiden Brüder hatten, seit sie klein waren, davon geträumt, einmal Raben zu sein. Aus diesem Grund betrachteten sie den Zirkus von Harold Flint und insbesondere ihre Nummer unter den Zuschauern als Rettungsanker vor den dunklen Seiten des Lebens.

Green Talbot fand keinen Schlaf. Bald, dachte er, würde er Eleonora wiedersehen.

Am nächsten Tag brachen sie auf. Wieder erhitzte Jimmy Del Vento die Luft in seinem Ballon, ehe er sich zusammen mit dem Raben Kraak in die Lüfte erhob. Währenddessen nahm Green Talbot auf dem ersten Wagen neben dem Zirkusdirektor Platz. Die zwei anderen beschlossen, die Karawane bis zum Zielort zu begleiten, ehe sie sich dann auf dem Luftweg entfernen würden.

Sie durchquerten die feuchte Poebene und gelangten schließlich in Vallina an, wenige Kilometer von der Adria entfernt, dem Ort, in dem Petronius Oil und seine Tochter wohnten.

Es war ein verlassenes Nest. Kleine Häuser, ein Tabakladen, ein Obst- und Gemüsegeschäft, eine Bäckerei. Und drumherum nichts als plattes Land. Das Land machte sich zwischen den Häusern breit, auf den Gehsteigen, raubte sogar den Gräben Platz. Die Gegend war ein einziges Meer aus Erde, dachte Green.

Jenseits des Dorfes thronte die riesige Villa von Petronius Oil und mitten auf dem Grundstück der stillgelegte Bohrturm, Symbol für den Reichtum seines Besitzers und die neue Welt, die wohl in wenigen Jahren die alte verdrängt haben würde.

Die Zirkuskarawane fuhr durch die kleinen Straßen, bestaunt von den Dorfbewohnern, die noch nie exotische Tiere und so viele Wohnwagen hintereinander aus solcher Nähe gesehen hatten, und schon gar nicht einen Heißluftballon, der nur wenige Meter über der Erde schwebte.

Auch Petronius Oil wurde auf das seltsame Treiben aufmerksam und beobachtete mit kaum verhohlener Neugierde die Prozession, die sich seiner Villa näherte. Als Mann von Welt spürte er sofort, dass an der Sache etwas faul war. Auf der anderen Seite mochte er nicht ganz ausschließen, dass dieser heranrollende Zirkus ein bizarres Geschenk eines wichtigen Kunden an ihn war. Also ließ er die Bediensteten die Tore öffnen und schickte sie dann weg. Vor dem Haus, am Ende der kopfsteingepflasterten Zufahrt wartete er.

Kurz vor Erreichen der Villa warf Jimmy Del Vento die restlichen Sandsäcke aus dem Korb, um den Ballon weiter steigen zu lassen, und begann zusammen mit dem Raben Kraak seine lange Reise.

»Green Talbot!«, rief er mit lauter Stimme.

Green hob den Kopf.

»Du bist am Ziel deiner Reise angekommen. Und für mich ist es Zeit, mich auf den Weg zu machen.«

»Und wohin fährst du, Jimmy?«

»Wohin der Wind mich trägt.«

Green Talbot sah zu, wie sich seine beiden Gefährten am Himmel entfernten. Er hatte das Gefühl, dass sie sich nicht auf Wiedersehen, sondern Adieu gesagt hatten.

»Danke, Jimmy! Danke, Kraak! Und grüß mir Banjeseiro.«

Jimmy Del Vento winkte noch immer mit seiner alten, faltigen Hand und der entspannten Miene dessen, der zu innerer Gelassenheit gefunden hat. Kraak hob, so elegant es ihm möglich war, einen seiner zwei kleinen Flügel zum Gruß, so wie es Jahre zuvor der Albatros Farinata auf der Insel der verloren gegangenen Flaschen gemacht hatte.

Die Karawane hatte das Eingangstor passiert und kam vor der Villa zum Stehen. Augenblicklich machte sich das Zirkusvolk daran, Kisten und Käfige zu entladen und eine kreisförmige Zuschauertribüne zu errichten. Harold Flint stieg vom ersten Wagen, schritt mit gespielter Eleganz auf Petronius Oil zu und begrüßte ihn mit einer übertrieben tiefen Verbeugung.

»Es ist mir eine Ehre, vor Ihr Angesicht treten zu dürfen«, sagte er.

»Machen wir's kurz«, erwiderte Petronius Oil. »Warum seid ihr gekommen?«

»Wir sind ein Geschenk, für Sie und Ihre Tochter. Aber erlauben Sie mir zunächst, mich vorzustellen.« Der Zirkusdirektor streckte die Hand aus. »Ein einfacher Lehrbeauftragter in Sachen Museum der Menschheit. Oder, ganz einfach, der Direktor dieses Zirkus.«

In diesem Moment trat Eleonora aus der Villa, aufmerksam geworden durch den ungewohnten Rummel vor dem Haus.

»Ein Zirkus, Vater!«

»Schweig, und halt dich hinter mir«, sagte Petronius Oil gebieterisch.

Eleonora erschien Green noch immer von der gleichen delikaten, melancholischen Schönheit wie bei ihrer ersten Begegnung, als sie auf dem Balkon gestanden und abwesend den Horizont betrachtet hatte.

»Ein Geschenk also. Und zwar von diesem jungen Herrn.« Harold Flint deutete auf seinen Zirkuswagen. Daraus entstieg, den Blick fest auf Eleonora geheftet, Green Talbot.

Aber es war kein gewöhnlicher Blick. Dieser Blick kam den Zufahrtsweg entlang, streifte über das Gras, bis er bei Eleonora anlangte, an ihr hochkroch, ihre Beine, ihren Bauch und ihre Brüste liebkoste und schließlich ihr Gesicht.

Eleonora seufzte. Sie hatte den jungen Mann, der sie am Tag des Kongresses in London aus ihren Gedanken gerissen hatte, auf Anhieb wiedererkannt. Und sie spürte die gleiche merkwürdige Empfindung wie während der Rede ihres Vaters.

Noch nie hatte sie sich von einem Mann angezogen gefühlt. Selbst wenn sich ihr Vater nicht so große Mühe gegeben hätte, all die Verehrer in die Flucht zu schlagen, die in der Vergangenheit Schlange gestanden hatten, wären die jungen Männer spätestens an ihrem Desinteresse gescheitert. Eleonora besaß die Gabe, die jeweiligen Farben der Menschen auszumachen, doch wohin sie auch kam, sprangen ihr vor allem Grautöne ins Auge, die überall vorzuherrschen schienen.

Green war kaum vom Wagen gestiegen und begann, leicht wie der Wind über den Weg und die Wiese auf sie zuzulaufen, als sie auch schon seine Farbe erkannte und einen Augenblick lang nach Atem rang.

»Er ist grün«, sagte sie freudestrahlend zu ihrem Vater.

Petronius Oil sah sie an, als sei sie verrückt geworden.

»Da hat man eine schöne Tochter, aber leider ist sie eine dumme Gans.«

Dann wandte er sich an Green Talbot.

»Was wollen Sie von mir? Ich glaube nicht, dass wir uns kennen.«

»Ich heiße Green Talbot«, sagte dieser und trat auf ihn zu.

Er wies auf den Zirkus.

»Das hier ist ein Geschenk für Sie … Ich komme aus England … Kurz und gut, ich bitte um die Erlaubnis, Ihre Tochter kennenzulernen.«

Er sprach abgehackt, geriet zwischen den einzelnen Sätzen immer wieder ins Stocken.

In Petronius Oils Augen pulsierten die Adern, und sein Blick verwandelte sich in ein scharlachrotes Glitzern.

»DU ERLAUBST DIR, MIT EINEM ARMSELIGEN WANDERZIRKUS ZU MEINEM HAUS ZU KOMMEN, UND WILLST AUCH NOCH DIE ERLAUBNIS, MEINE TOCHTER ZU ENTFÜHREN?«

Eine unbändige, blinde Wut hatte von ihm Besitz ergriffen.

Und in diesem Moment begriff Green Talbot: Kein Zirkus der Welt hätte diesen Mann von seiner Absicht abbringen können, seine Tochter für immer für sich zu behalten. Ein paar Sekunden lang war Green drauf und dran, sein Vorhaben aufzugeben, doch dann gewahrte er Eleonora, die ihn mit hoffnungsvollem Blick ansah. Die ihn anflehte, sie von dort wegzubringen.

Und so setzte Green Talbot alles auf eine Karte. Blitzschnell sprang er neben Petronius Oil hin und packte Eleonoras Hand.

Petronius Oil knöpfte sich in aller Ruhe sein Jackett auf und zog eine riesige Pistole aus dem Hosenbund, deren Lauf so lang wie der eines Gewehres war. Er hob den Kopf und blickte Green an.

»Verschwinde!«, sagte er in einem Ton, der keine Widerworte duldete.

Green Talbot rührte sich nicht von der Stelle. Er schloss die Augen und drehte in Erwartung des Schusses kaum merklich den Kopf zur Seite.

AUF WIEDERSEHEN, SIGNOR GREEN

42

Der junge Arzt kritzelte etwas auf eine Karteikarte und schob sie in die Krankenakte am Fußende des Bettes zurück. Er drehte den Türknauf und wandte sich nochmals um.

»Aber das ist nicht das Ende Ihrer Geschichte, nicht wahr?«

»Nein, nicht ganz«, sagte Green Talbot. Er lag auf dem Krankenhausbett und blickte zur Decke empor, als hoffte er, dort weitere Erinnerungen zu finden.

»Ich komme nächste Woche zur gleichen Zeit wieder.«

Green Talbot entgegnete nichts.

Er war alt. Sehr viel älter als seine siebzig Jahre. Zwar hatte er noch eine Fülle schneeweißer Haare auf dem Kopf, aber seine grünen Augen waren tief in das von Falten durchfurchte Gesicht eingesunken.

Das Krankenhaus war bereits seit rund zwölf Monaten sein Zuhause. Die weißen Laken und Wände gingen nahtlos in das Panorama vor dem Fenster über. Der fahle Februarhimmel mischte sich, fünf Stockwerke tiefer, mit vereinzelten schmutzigen Flecken liegen gebliebenen Schnees, der allmählich schmolz, und mit der matschigen, kahlen Erde. Der Fernseher auf dem Flur zeigte Bilder einer deutschen Stadt, die nach dem Krieg durch eine Mauer geteilt worden war. Soldaten mit Bulldozern waren zu sehen, die dabei waren, sie Stück für Stück niederzureißen. Ein Journalist ließ die Ereignisse vom Juni des Vorjahres bis zu jenem Moment Revue passieren. Seither, so sagte er, sei die Welt nicht mehr dieselbe.

Bis zur vergangenen Woche, als seine Beine ihn noch trugen, hatte Green die Angewohnheit gehabt, nachdem die Schwester ihm das Mittagessen serviert hatte, zu der Aufenthaltsecke auf dem Flur zu spazieren, in der ein altes Sofa mit Stoffüberzug stand.

Er setzte sich neben die anderen Patienten und schaute vor sich hin.

43

Dort hatte er sich mit jemandem angefreundet. Einem Mann namens Giovanni. Er war über achtzig, doch die beiden sahen aus, als seien sie ungefähr im gleichen Alter.

Giovanni hatte ebenfalls den Krieg miterlebt. Sie hatten auf derselben Seite gekämpft, aber Giovanni war 1944 in Gefangenschaft geraten und nach Polen deportiert worden.

»Es war, als ob die Welt bis zu den Knien in der Scheiße steckte«, sagte Giovanni.

Von seinen Erlebnissen erzählte er jedoch nie. Auch nicht von den unzähligen Menschen, die umgebracht worden waren, dem Marktschreier, der Italien regiert hatte, und dessen deutschem Kumpan, von den Freunden, die er verloren und all jenen, die er bei seiner Rückkehr nicht mehr vorgefunden hatte.

»Ihre Aussprache ist so anders. Sie sind wohl nicht von hier?«

»Nein, das bin ich tatsächlich nicht.«

»Sie haben einen amerikanischen Akzent, kann das sein?«

»Ich bin in England geboren«, erwiderte Green. »Aber meine Mutter war Italienerin.«

Für Giovanni war England ein weißer Fleck auf der Landkarte. Wie der Großteil Italiens im Übrigen auch. Er hatte seit je in diesem kleinen Dorf gewohnt. Nachdem er zwei Kriege überlebt hatte, war er wieder hierher zurückgekehrt. Sein Leben spielte sich auf den Feldern ab. Er stand gern frühmorgens auf, um sich ans Werk zu machen. Zu jeder Jahreszeit, bei jedem Wetter.

»Wissen Sie, welches meine Lieblingsbeschäftigung war? Im Sommer nahm ich in der Abenddämmerung meinen Schemel ... er war aus Holz, und ich habe ihn mit meinen eigenen Händen gefertigt ...«, sagte er, indem er die Innenseiten seiner faltigen Hände nach oben kehrte. »Ich nahm also meinen Schemel und setzte mich unter eine Weinrebe, um Knoblauchzöpfe zu flechten. Wenn Sie mich fragen, was ich von diesem Leben mitnehmen werde ...« – er hustete ein paar Mal trocken – »die Erinnerung, wie ich Knoblauchzöpfe geflochten habe, inmitten dieser Landschaft, und die Erinnerung an meine Kinder.«

Er hielt inne, führte eine Hand an den Mund und wurde abermals von einem Hustenanfall geschüttelt. Mit der anderen fischte er ein Taschentuch aus der Pyjamatasche und drückte es sich auf die Lippen. Auf dem Taschentuch bildeten sich kleine rote Flecken, doch Giovanni schien nicht weiter darauf zu achten.

»Und, haben Sie Kinder, Signor Talbot?«

»Ich hätte gerne welche gehabt.«

»Ach ja«, sagte Giovanni. »Was ist schon ein Mann ohne Kinder.«

Green fixierte einen unsichtbaren Punkt an der Wand. In seinen grünen Augen war ein nervöses Flackern zu sehen.

»Ein Mann, mit dem es zu Ende geht«, sagte er.

44

Als der junge Arzt zur Visite erschien, sah er, wie der alte Mann den Horizont jenseits der Fensterscheiben betrachtete.

»Guten Morgen«, sagte er.

Der Patient schien ihn gar nicht zu bemerken.

»Es gibt nicht allzu viel zu sehen da draußen, nicht wahr?«

Green Talbot drehte sich ganz langsam um. Inzwischen bereitete es ihm Mühe, aufzustehen und sich auf den Beinen zu halten.

»Es gibt immer etwas zu sehen.«

Der Arzt untersuchte ihn, schrieb wie immer ein paar Zeilen auf die Karteikarte, ehe er sie in die Halterung am Fußende des Bettes zurücksteckte.

»Die neuen Ergebnisse sind da.«

»Und wie lauten sie?«

»Nichts, und genau das ist das Problem. Scheint, als ob Ihnen nichts fehlte, es ist uns ein Rätsel …«

»Ich werde bald sterben«, erklärte Green.

»Ich weiß.«

Der Mann war dem jungen Arzt ans Herz gewachsen. Seit Green Talbot vor ungefähr einem Jahr ins Krankenhaus eingeliefert worden war, hatte er begonnen, ihm einmal in der Woche Stück für Stück seine Geschichte zu erzählen.

»Sobald es mit mir zu Ende geht, werden Sie eine Antwort auf Ihre medizinischen Fragen bekommen.«

Der junge Arzt setzte sich auf den Bettrand. Er konnte nicht mit Sicherheit bestätigen, dass dieser Mann geisteskrank war, fest stand jedoch, dass bei ihm mehr als eine Schraube locker war. Doch auch wenn die Geschichten, die er ihm erzählte, noch so verrückt klangen, nahmen sie ihn gefangen, entführten ihn in eine andere Welt als die, die er bislang gekannt hatte.

»Sie waren bei der Episode mit dem Heißluftballon stehen geblieben.«

»Ach ja, der Heißluftballon«, sagte Green. »Bis zu diesem Zeitpunkt war es, als träte ich auf der Stelle. Oh, ich war ein vielbeschäftigter Mann, traf wichtige Leute, wohnte in London, und das genügte mir auch. Damals war es mir nicht bewusst, denn welcher Mann hätte nicht gern ein solches Leben geführt. Ich hatte eine angesehene Arbeit, Frauen und viel Geld. Doch als ich Jimmy Del Vento wiederbegegnete, schien sich dieses Getriebe hier drinnen« – er hob die wollene Strickjacke und deutete auf seinen Bauch – »in Bewegung zu setzen. Es war, als hätte ich bis zu diesem Tag vergessen, wer ich war. Ich weiß nicht, ob Sie verstehen, was ich meine.«

»Und diese Begegnung hat es Ihnen in Erinnerung gerufen.«

»Jimmy war kein gewöhnlicher Mensch. Als ich den zur Abreise bereiten Ballon sah, wurde mir bewusst, dass Jimmy zum zweiten Mal dabei war, mir das Leben zu retten.«

»Ich sehe ihn förmlich vor mir, diesen farbenfrohen Ballon.«

»Er war ein Prachtexemplar, der letzte Ballon, mit dem Jimmy in die Luft ging. Wissen Sie was? Er war überzeugt, dass sie am Aussterben waren. Und doch sieht man noch heute ab und zu einen, wenn man zum Himmel emporschaut.«

Green Talbot fuhr in seiner Erzählung fort. Wie sie die Reise angetreten hatten, von der Begegnung mit dem Raben Kraak und dem Zirkus. So verging eine Stunde, und als der Arzt schließlich auf die Uhr blickte, stellte er fest, dass er sich heillos verspätet hatte, musste er doch noch etliche Krankenvisiten machen.

»Sagen Sie mir noch, was Sie getan haben, als Sie endlich vor diesem Mann standen, diesem Petronius Oil?«

»Na ja, für das Finale braucht es Zeit, und ich fürchte, dass Sie im Moment recht wenig davon haben.«

Der junge Arzt dachte kurz darüber nach und kam zu dem Schluss, dass Green Talbot recht hatte.

»Nächsten Donnerstag komme ich wieder. Warten Sie auf mich!«

Green Talbot lächelte. Wenn er etwas mit Gewissheit wusste, dann das, dass er nächsten Donnerstag bereits woanders sein würde.

45

An einem der folgenden Tage Mitte Februar nahm Green Talbot in der Frühe einen neuartigen Geruch in der Luft wahr.

Wie jeden Morgen wachte er gegen sieben auf und wartete, bis die Krankenschwester ihm das Frühstück brachte. Hungrig war er nicht, hatte sich aber an diese kleinen Krankenhausrituale gewöhnt. Jeden Morgen zur selben Zeit aufwachen, die drei Hauptmahlzeiten, die Limonade am Nachmittag, das gemeinsame Fernsehen mit Giovanni, die Visite des jungen Arztes jeden Donnerstag, und die Pillen, die er dreimal täglich einnehmen musste.

Er hörte, wie sich mehrere Menschen auf dem Gang unterhielten. Dann sah er, wie sich zwei Krankenschwestern entfernten und wieder zurückkehrten. Ein Mann in Jackett kam an Greens Zimmer vorbei, blieb kurz in der Tür stehen und verschwand wieder.

Green beschloss nachzusehen, was da los war. Er schwang die Füße über den Bettrand, versuchte, mit den Zehen Halt auf dem Boden zu finden, stützte sich mit den Händen an der Matratze ab und stand mit einem Schwung auf.

Das Schwierigste habe ich schon mal geschafft, sagte er sich.

Dann setzte er mühsam einen Schritt vor den anderen. Jetzt diskutierten ein paar Leute vor Giovannis Tür. Er war etwa dreißig Meter davon entfernt, für ihn eine schier unüberwindliche Distanz. Dennoch ging er weiter und konzentrierte sich darauf, nicht zu stürzen. Es gelang ihm, das Gleichgewicht zu wahren, indem er sich mit einer Hand an der Wand entlangtastete.

Kurz bevor er das Schwesternzimmer erreichte, bedeuteten die Schwestern dem Rest der Gruppe, ihnen zu folgen, und alle verschwanden hinter der Glastür der Station.

»Warten Sie«, sagte Green und streckte eine Hand aus, doch niemand schien ihn zu hören.

Am Abend zuvor, vor dem Fernseher, hatte er zum letzten Mal mit Giovanni gesprochen. Dieser hatte ihn gebeten, sich mit ihm zusammen in Greens Zimmer zu begeben, das am nächsten lag.

»Was gibt es?«, fragte Green.

»Gleich«, sagte Giovanni.

Er trat zuerst ein.

»Schließ die Tür«, sagte Giovanni.

Beide setzten sich aufs Bett und warteten, bis sich ihr Atem wieder beruhigt hatte.

»Green, ich spüre es. Ich spüre, es ist so weit.«

Giovanni bemühte sich, ruhig zu sprechen. Green war versucht, ihn zu fragen, ob er scherze.

»Jetzt werde ich mich doch in diesem verfluchten Winter verabschieden. Aber wenigstens hatte ich ein schönes Leben.«

»Das Landleben und die Kinder«, sagte Green.

»Ja, das Landleben und die Kinder«, bestätigte Giovanni. »Aber wenn es eine Jahreszeit gibt, in der ich auf keinen Fall gehen wollte, dann ist es der verdammte Winter. In dieser Affenkälte ist es, als ob …«

… man bis zum Hals in der Scheiße steckt, dachte Green.

»… man bis zum Hals in der Scheiße steckt«, sagte Giovanni. Dann fuhr er fort: »Und du musst mir eines versprechen: Wenn du vor den Schöpfer oder seinen Stellvertreter treten solltest, dann tu es, wenn die Felder wieder grün werden.«

»Oh, aber ich werde nicht so schnell abtreten.«

»Na ja, wenn ich mir dich so anschaue, würde ich meine Hand nicht ins Feuer legen.«

»Du kannst mir ruhig vertrauen«, sagte Green, der nicht die Absicht hatte, diese Welt von einem Krankenhausbett aus zu verlassen.

»Ich traue aber keinem … keinem … Engländer.«

Für Giovanni war jeder Nicht-Italiener ein undurchschaubares Rätsel. Auch wenn Green zugegebenermaßen ein wenig durchschaubarer geworden war.

»Halbitaliener.«

»Und deswegen musst du es mir versprechen. Die Italiener sind stets auf ihren Vorteil bedacht. Was sie nicht versprechen, halten sie auch nicht.«

Green Talbot war klar, dass dieser alte runzlige Kerl keine Ruhe geben würde, ehe er es ihm nicht versprochen hatte.

»Na gut, ich versprech's.«

Giovanni schüttelte ihm die Hand, ehe er langsam, aber zielstrebig zu seinem Zimmer ging.

Green stand in der Tür und sah ihm nach.

»Es wird noch mindestens zehn Jahre dauern, bis du ins Gras beißt, das lass dir gesagt sein, du alter Trottel.«

Giovanni hob grüßend eine Hand und sagte, ohne sich umzudrehen: »Denk an dein Versprechen, du verrückter Engländer.«

So hatten sie sich voneinander verabschiedet.

Er wusste, was er vorgefunden hätte, wenn er in Giovannis Zimmer geblickt hätte. Ein frisch bezogenes Bett. Er spürte, wie er von einer unbeschreiblichen Leere erfasst wurde, und doch war er unfähig, auch nur eine Träne zu weinen.

Green nahm seine ganze Kraft zusammen und verließ auf seinen zwei Beinen, die sich anfühlten, als hätte er nur noch ein halbes, wankend, aber dennoch zügigen Schrittes die Station. Er trat in den Aufzug, stieg im Erdgeschoss aus und verließ das Gebäude durch die erstbeste Glastür, einen Notausgang, der auf das kahle, schlammige große Feld hinausführte, das man von seinem Fenster aus sah.

Dort draußen war es entsetzlich kalt. Ein träger, gleichmäßiger Morgenwind wehte, der nur hin und wieder böig auflebte. Green Talbot stützte sich mit beiden Händen an der Mauer ab. Er spürte, dass seine Beine ihm ihren Dienst zu versagen drohten, hielt sich aber dennoch aufrecht.

Er wollte weggehen. Einfach so, wie er es schon immer getan hatte. Einen Fuß vor den anderen setzen, und tschüs.

Der junge Arzt fand ihn, wie er zusammengekauert mit letzter Kraft dagegen ankämpfte, dass ihn seine Beine im Stich ließen. Er legte dem alten Mann den Arm um den Rücken, um ihm wieder aufzuhelfen.

»Allein«, sagte Green, »sieht man ihn nicht.«

»Wen denn?«, fragte der junge Arzt.

»Den Horizont.«

Die große Fläche kahler, schlammiger Erde endete an einer Straße, die von Automobilen befahren wurde. Jenseits dieser Straße standen neue Häuser, die in aller Eile hochgezogen worden waren, und andere, die sich noch im Bau befanden.

»So, jetzt müssen wir aber ins Zimmer zurück«, sagte nach einer Weile der junge Arzt, der die Tür aufstieß und für seinen Patienten aufhielt.

Noch ehe er die Schwelle überschreiten konnte, spürte Green, wie er ohnmächtig wurde. Er schloss die Augen und sank in die Arme des jungen Arztes.

46

Es war schon Abend, als er erwachte. Mit äußerster Mühe gelang es ihm, sich im Bett aufzusetzen. Als er aus dem Bett steigen wollte, um das Bad aufzusuchen, dauerte es ein paar Minuten, bis er sich bewusst wurde, dass er die Beine nicht mehr bewegen konnte.

Langsam schlug er die Bettdecke zurück und betrachtete seine Gliedmaßen.

Noch immer konnte er sie nicht rühren. Das Zimmer war erfüllt von der Stille, die vom Korridor hereindrang wie ein Luftzug. Plötzlich musste er husten, ein trockener, starker Husten, der nach einigen Minuten von allein wieder aufhörte.

Der junge Arzt erschien erst eine Stunde später.

»Ich konnte leider nicht früher kommen«, sagte er.

Green sah ihm in die Augen, und doch schien sein Blick weit in die Ferne gerichtet zu sein.

»Sie haben uns ja ganz schön Angst eingejagt.«

»Meine Beine.«

»Sie können sie nicht mehr bewegen.«

»Genau.«

»Sie sind schwach, Signor Talbot. Jetzt ruhen Sie sich erst mal aus, und bald werden Sie sie wieder gebrauchen können, Sie werden sehen.«

»Ich werde nie mehr gehen können.«

Der junge Arzt wollte ihn beschwichtigen, doch war er sich selbst nicht sicher. Mit jedem Tag, der verging, wurde sein Patient körperlich schwächer. Der Arzt wollte noch immer nicht einsehen, dass manche Patienten nicht geheilt werden konnten. War er nicht dazu da, Menschen zu heilen? Eine Frage, die ihn häufig beschäftigte.

Green ergriff als Erster wieder das Wort.

»Es ist unverzeihlich.«

»Was denn?«

»In all den Monaten, in denen ich hier bin, habe ich mich noch nie nach Ihnen erkundigt.«

»Da gibt es nicht viel zu erzählen.«

»Es gibt immer etwas zu erzählen. Wie wär`s zum Beispiel mit Ihrem Namen. Damit könnten wir beginnen.«

Der junge Arzt hieß Paolo und hatte erst zwei Jahre zuvor sein Examen abgelegt. Er hatte zunächst sein Praktikum in jenem Krankenhaus absolviert und dann eine Arztstelle bekommen. Seit seiner Geburt lebte er in dieser Gegend, und vor vielen Jahren hatte er das Mädchen kennengelernt, das seine Frau geworden war.

»Wie heißt sie?«

»Sofia«, sagte Paolo. »Wie bekommen ein Kind, ein Mädchen.«

Der junge Arzt schlug für einen Moment die Augen nieder.

»Sind Sie nicht glücklich?«, fragte Green.

»Doch, doch, das bin ich.« Ein paar Sekunden schwieg er. »Auch wenn ich dann und wann daran denken muss. Vor allem in den letzten Monaten, während Sie mir von Ihrem Leben erzählten. Ich meine, die Tatsache, dass ich mein ganzes Leben an ein und demselben Ort verbracht habe. Da überkommt einen irgendwann die Sehnsucht, Dinge zu entdecken, die man nicht kennt.«

»Man muss sich für den einen oder den anderen Lebensweg entscheiden, man kann nicht beides haben«, sagte Green.

»Ich weiß.«

Das Atmen bereitete ihm Mühe. Der Wind und die Kälte am Morgen waren ihm in die Knochen und in die Lungen gefahren. Sein schwacher Körper würde der beginnenden Lungenentzündung nicht lange widerstehen, das wusste er.

»Doch jetzt wieder zu Ihnen«, sagte der junge Arzt.

»Das Ende der Geschichte.«

»Genau, das Ende Ihrer Geschichte.«

»Kurz und gut, da stand ich Petronius Oil gegenüber, hinter uns der Zirkus und hoch oben in der Luft Jimmy Del Ventos Heißluftballon, der entschwand und nur noch ein Punkt am Himmel war. Ich war überzeugt, dass der Zirkus das Herz dieses Mannes erweichen würde. Doch ich hatte mich geirrt. Es gibt Männer, die sich durch nichts erweichen lassen, gleich was man unternimmt. Jedenfalls hatte ich keinerlei Absicht, das Feld zu räumen. Sehen Sie, da stand sie, die Frau, die ich mein Leben lang gesucht hatte, hinter ihrem Vater. Mit diesen Augen – Sie erinnern sich? – Augen, die mich anflehten, sie zu entführen, je schneller, desto besser. Und so setzte ich alles auf eine Karte, ging auf Petronius Oil zu, schob mich an ihm vorbei und ergriff Eleonoras Hand.

Es geschah im Bruchteil einer Sekunde. Er knöpfte sich die Jacke auf, und ich sah, dass er eine Pistole in seinem Hosenbund stecken hatte. Er zog sie heraus. Es war ein Ungetüm von einer Pistole mit einem Lauf, so lang wie der eines Gewehrs. Seelenruhig und routiniert hob er sie und richtete sie auf mich, als ginge es darum, eines seiner zahlreichen Geschäfte abzuwickeln. Er sagte: ‚Verschwinde!' Nachdem ich mich nicht von der Stelle gerührt hatte, zielte er auf meine Schläfe. Ich glaube, er war fest entschlossen, mir das Gehirn rauszublasen.«

»Aber er schoss nicht …«

»O doch, er hat geschossen. Doch der Rückstoß ließ ihn nach hinten prallen, und das Projektil pfiff über meinen Kopf hinweg. Um Haaresbreite verfehlte es die Schulter des Zirkusdirektors, traf stattdessen einen Käfigstab, und man hörte ein ohrenbetäubendes Zischen, als das Projektil die Schnurrhaare des armen Tigers durchtrennte, von der Käfigwand abprallte und an einer anderen Stelle des Gitters wieder heraustrat. Als ich mich umdrehte, sah ich, wie der speckige Clown Frick zu Boden stürzte. Bum, da lag er und machte keinen Mucks mehr.

Petronius trat ein paar Schritte vor und ließ die Pistole fallen. Sehen Sie, nicht der Zirkus war seine wahre Leidenschaft. Die Clowns hatten es ihm angetan. Seit er klein war. Nur um die Clowns zu sehen, hatte er so oft wie möglich Zirkusveranstaltungen besucht. Ich glaube, dass er bis zu jenem Moment, da er das Erdölvorkommen auf seinem Grundstück entdeckte, am liebsten alles hingeschmissen hätte, um sich einem Zirkus anzuschließen und sich eine rote Clownsnase aufzusetzen. Doch das wusste ich damals noch nicht, sondern hörte es erst Monate später von Eleonora.

Wie auch immer, er drehte sich zu mir herum und rief: ‚Nicht der Clown, o nein, nicht der Clown …' Das waren seine letzten Worte. Er war am Boden zerstört, falls Sie sich einen Mann wie Petronius Oil am Boden zerstört vorstellen können. Schweigend ging er auf den speckigen Clown Frick zu, der reglos hingegossen auf der Erde lag, und bemerkte nicht, dass der Käfig des Tigers leer war.«

»Er wurde …«

»Genau, das Projektil. Es hatte genau das Käfigschloss getroffen und aufgebrochen. Petronius Oil stand also da, vor dem Clown, als der Tiger ihn von hinten ansprang und im Genick packte. Blitzschnell war der Dompteur zur Stelle und schlug das Tier mit der Peitsche. Der Tiger ließ sofort von seinem Opfer ab, doch das Unvermeidliche war geschehen. Petronius fasste sich an den Hals, der binnen Sekunden blutüberströmt war. Das Blut schoss wie eine Fontäne aus der Wunde, und wenige Sekunden später lag er über dem armen Frick ausgestreckt am Boden.«

Von einem weiteren Hustenanfall geschüttelt, unterbrach sich Green. Der junge Arzt stützte ihn im Rücken, um seinen Schmerz zu lindern, und kurz darauf hörte der Husten wieder auf. Der Arzt nahm eine Karteikarte aus der Krankenakte am Fußende des Bettes und kritzelte etwas darauf. In diesem Moment trat eine Krankenschwester ins Zimmer.

»Unten wartet man schon seit zehn Minuten auf Sie.«

Er blickte auf seine Armbanduhr und bemerkte, dass er wieder einmal zu spät dran war.

»Ich komme«, sagte er.

Er beendete seine Notizen und schob die Karte an ihren Platz in der Patientenakte zurück. Er drehte den Türknauf und wandte sich auf der Schwelle nochmals um.

»Und damit ist die Geschichte wirklich zu Ende?«

»Ja, wirklich.«

Green blickte zur Decke, als suchte er dort nach weiteren Erinnerungen.

»Morgen um diese Zeit komme ich wieder, um nach Ihnen zu sehen.«

47

»So kann Ihre Geschichte unmöglich enden«, erklärte der junge Arzt, kaum dass er glücklich wieder in Greens Zimmer angelangt war, wo dieser gerade an seiner frischen Limonade nippte und aus dem Fenster blickte.

»Aber genau so war es. Die Zirkusleute beerdigten Frick und Petronius Oil Seite an Seite. Eleonora hielt die ganze Zeit meine Hand. Sie weinte tränenlos, während sie zusah, wie ihr Vater mit Erde bedeckt wurde. Auch wenn es ihr nicht klar gewesen war, sie hatte ihren Vater geliebt. So ergeht es ja vielen Kindern mit ihren Eltern.

Als Sarg benutzten sie eines dieser Podeste, auf denen die Ballerinen ihre Übungen machen. Der Zirkusdirektor hielt es für angebracht, etwas darauf zu schreiben. Er ließ sich ein glühendes Stück Kohle reichen und machte sich an die Inschrift. Buchstabe für Buchstabe. *Hier ruhen ein Clown und einer, der es gern geworden wäre.* Genau das waren seine Worte. Ohne einen Namen hinzuzufügen und ohne dass jemand einen Einwand erhob.

Die Zirkustruppe zog mit ihrem Wagentross weiter, und so endete dieser Tag, der letzte der Geschichte.«

Der junge Arzt begriff nicht. Und was war mit den restlichen Jahren, die noch kamen?

»Das ist eine andere Geschichte, doch die gehört nur mir und Eleonora. Wollen Sie wissen, ob wir zusammengeblieben sind? Ja, und ich kann Ihnen sagen, dass es von all meinen Abenteuern das allerwichtigste war. Doch die Liebe verliert ein wenig von ihrer Magie, wenn man davon erzählt, finden Sie nicht auch? Leider hat sich Eleonora vor ungefähr einem Jahr aus diesem Leben verabschiedet. Auch das können Sie getrost Ihrem wissenschaftlichen Bericht hinzufügen: Aus diesem Grund werde ich in Kürze ebenfalls von hier gehen. Doch wo immer sie sich jetzt aufhält – ich werde sie finden.« Er hielt für ein paar Sekunden inne, um Atem zu schöpfen. »Ich will Ihnen noch sagen, was ich aus all dem gelernt habe: dass der Anfang und das Ende einer Geschichte nicht zählen, ebenso wenig wie die zurückgelegte Strecke. Wissen Sie, worauf es wirklich ankommt?«

»Worauf denn?«

»Auf die einzelnen Stationen, an denen man anhält.«

Der junge Arzt legte seine Hand auf die von Green.

»Gibt es etwas, was ich noch für Sie tun kann?«, fragte er, ehe er ging.

»Erzählen Sie meine Geschichte Ihrer Tochter, wenn sie Lust hat, sie sich anzuhören. Und noch eines. Können Sie mir sagen, ob es inzwischen Frühling geworden ist? Von hier aus kann ich es nicht erkennen.«

Der junge Arzt öffnete das Fenster und lehnte sich hinaus.

»Ich fürchte, der Frühling wird noch ein paar Wochen auf sich warten lassen.«

Mitten in der Nacht erwachte Green Talbot und musste husten. Er bekam keine Luft mehr. In der Dunkelheit streckte er die Hand nach hinten aus und tastete an der Wand neben seinem Bett nach dem Notrufknopf, um nach der Nachtschwester zu klingeln, fand ihn aber nicht. Er bemühte sich, den Hustenanfall unter Kontrolle zu bekommen. Nach und nach gelang es ihm, etwas Atem zu schöpfen. Kurz darauf hörte er ein Klopfen an der Fensterscheibe. Er drehte den Kopf zum Fenster und machte im Halbdunkel den Umriss eines Distelfinken aus. Vergeblich versuchte er, sich zu erheben. Also schloss Green die Augen und ging im Geiste jede Faser, jeden Muskel seines müden Körpers durch. Wieder wurde ihm bewusst, wie schwach seine Beine geworden waren, doch er befahl ihnen, sich zu bewegen.

Es kostete ihn eine gewaltige Anstrengung, aber schließlich schaffte er es aufzustehen. Er durchquerte das im Halbdunkel liegende Zimmer, schleppte sich an der Badezimmertür vorbei, am Schrank und dem Kalender, auf dem das Datum verzeichnet war. 25. Februar 1990. Er drehte den Fenstergriff und öffnete das Fenster.

»Hallo«, sagte der Distelfink.

»Hallo, mein kleiner Freund«, begrüßte Green ihn. »Was machst du denn hier?«

»Ich glaube, es ist Zeit.«

»Das glaube ich auch.«

Der Distelfink flog auf Greens Schulter, während dieser sich mit der ganzen Kraft seiner beiden Arme auf die Fensterbank stemmte und unter äußerster Mühe die Füße hochzog. Der Distelfink flog auf und kreiste über seinem Kopf.

»Nun komm, das kannst du auch, du musst es nur versuchen.«

»Ist es schwer?«

»Nicht besonders, du musst nur die Luftströmungen richtig nutzen.«

Green Talbot sprang. Sein Körper stürzte kopfüber auf die nackte, schlammige Erde vor dem Krankenhaus zu, doch kurz vor Erreichen der Oberfläche spürte er, wie er immer leichter wurde und schließlich zu fallen aufhörte. Er hob die Arme und bewegte sie, auf und ab, auf und ab, bis er seinen neuen Freund erreichte, und gemeinsam flogen sie davon. Seite an Seite entfernten sie sich von dieser Welt, zu einem Ort jenseits der lichter werdenden Nacht.

Im selben Moment fuhr der junge Arzt aus dem Schlaf hoch. Er hatte eine seltsame Vorahnung. Seine Frau schlief. Er schlüpfte in die nächstbesten Kleidungsstücke, verließ das Haus und stieg in den Wagen. In halsbrecherischem Tempo raste er zum Krankenhaus. Als er ankam, dämmerte bereits der Morgen herauf, und eine zaghafte Sonne erhellte die Straße.

Im Laufschritt erreichte er Green Talbots Zimmer, und als er das leere Bett und das weit geöffnete Fenster sah, begriff er, was geschehen war. Mit seinen zwei Beinen lief er so schnell, als hätte er vier, die Treppe hinunter, riss die Notausgangstür an der Rückseite des Gebäudes auf und blieb stehen, um mit den Augen das große Feld abzusuchen. Verblüfft bemerkte er, dass die matschige Erde einer üppigen grünen Wiese gewichen war. Hie und da blühten bereits die ersten Forsythien. Ganz am Ende der Wiese lag, aus der Entfernung kaum erkennbar, zusammengerollt und scheinbar schlafend ein Mann im Gras.

Über den Autor

© Maurizio Sabbadin

Mattia Signorini, geboren 1980 in Rovigo in der Lombardei, lebt in Mailand. Er absolvierte ein Studium der Kommunikationswissenschaften und studiert derzeit Philosophie. 2007 veröffentlichte er den Roman »Lontano da ogni cosa«, von dem die Filmrechte verkauft wurden. Mit seiner Erzählung »Die Symphonie des Augenblicks«, die zurzeit in verschiedene Sprachen übersetzt wird, betritt Signorini neues literarisches Terrain und gilt inzwischen als einer der vielversprechendsten jungen Autoren Italiens.